Erzähl' mir etwas von Dir

Lebensschicksale
Lesestücke unbekannter Autoren

D1728299

Herausgeber: Abbas Schah-Mohammedi, Evangelischer Blindendienst, Berlin

Fotos:
Ruth Einecke, Konstanz: Seite 19
Margret Schah-Mohammedi, Berlin: Seite 151
Eckhard Sturz, Güstrow: Seiten 11, 97, 115
Werner Vogel, Berlin: Titelseite und Seite 40

Plastiken:
Dario Malkowski, Schönebeck: Titelseite und Seiten 11 und 115

Über dieses Buch

Bekannte Autoren liest man gerne wieder. Unbekannte Autoren möchte man kennenlernen. Nur was mir gefällt, werde ich weiter empfehlen. Die in diesem Buch versammelten Lesestücke sind vielschichtig. Und doch haben alle eines zum Thema: die Blindheit. Früh- und Späterblindete, Menschen, die im Krieg ihr Augenlicht verloren, ein Arzt, eine Kunsthistorikerin, Pfarrer, Kaufmann u. a. erzählen in eindrücklicher Form, wie sie der Herausforderung durch die Blindheit in Alltag und Beruf begegnen.

Mein besonderer Dank gilt ihnen, die durch ihre engagierte Mitwirkung zum Werden dieses Buches beigetragen haben. Danken möchte ich auch meiner Frau Margret, die bei der konzeptionellen Gestaltung des Manuskripts maßgebliche Arbeit geleistet und dazu die Fotos besorgt hat. Die Leser werden es wissen: Was von Dauer ist, geschieht durch andere. Mit der Blindheit wird man nie fertig. Jeden Tag muß man neu damit anfangen.

Das ist die Überzeugung aller Autoren, die sich hier zu Wort melden. Blindheit hat aber nicht nur Negativa zu vermelden. Ihre eigentliche Botschaft geht unüberhörbar aus diesen Texten hervor. „Wer Gott im Dunkeln sucht, findet ihn im Licht."

Dario Malkowski, Bildhauer und Keramiker, dessen Plastik die Titelseite dieses Buches zeigt, hat eine eigene Botschaft für uns bereit. Mit seinen gestaltenden Händen lehrt er selbst die Sehenden „das

Sehen". Eingerahmt werden die Stücke von meditativen Texten des Herausgebers, die zum Nachdenken einladen wollen.

So oder so berührt die Blindheit jeden. Wenn es aber auf Grund dieser Geschichten dazu kommen kann, daß Sehende und Blinde einander begegnen, ohne aneinander vorüberzugehen, dann ist für das Leben viel gewonnen.

Der Herausgeber

8,5 Millionen Punkte

Ich kann mit Licht nichts anfangen. Die Sonne wärmt mich nur. Das Licht der Blinden sieht anders aus. Ich nehme das Licht mit Händen, Ohren und Nase wahr.

In meiner Bibel stehen zirka 8,5 Mill. Punkte. Wenn meine Finger über die Punkte gleiten, Punkt an Punkt, Buchstabe an Buchstabe, Wort an Wort fügen, bis ein Sinn sich mir erschließt, dann danke ich Gott für diese Finger. Ich lese, und in mir wird es hell.

Gottes Wort macht sich Bahn, nicht nur durch die Netzhaut und das Trommelfell, sondern auch durch die Poren der Finger. Ja, die Bibel gehört unter die Haut.

Es gibt zwei Arten von Licht. Das eine erhellt den Kosmos, gibt Menschen, Tier und Pflanzen Wachstum und Gedeihen. Es trägt das Prädikat „sehr gut", weil es das Werk des ersten Tages ist. Wird es der Erde entzogen, bricht die Dunkelheit an. Aus Tag wird Nacht.

Das andere Licht erhellt Leib und Seele, Herz und Geist. Es hat nur wenig mit dem Licht der Wissenschaften, des Intellekts und des Erkenntnisstandes zu tun. Auch sein Entzug hat Dunkelheit zur Folge; Finsternis des Herzens und der Seele.

Jesus sagt: „Ich bin das Licht der Welt, wer mir

nachfolgt, wird nicht wandeln in der Finsternis, sondern wird das Licht des Lebens haben".

Das eine Licht ist das Geschenk der Geburt; das andere ein Geschenk der Bibel. Ohne das eine kann ich leben; ohne das andere will ich nicht mehr leben. Ich habe mich an die Dunkelheit gewöhnt. Doch nicht deshalb ist mir das Leben lieb geworden, sondern weil Gottes Ruf mich traf, der Ruf in die Nachfolge.

Etwas zum Tauschen

Wenn man blind ist, hat man weniger vom Leben, und das ist schwer zu verkraften. Blinde müssen hundertmal mehr „bitte" und „danke" sagen als andere.

Man kann viel leichter auf Dinge verzichten, wenn man dafür einen Ersatz hat, etwas Kostbares. Für mich ist das Jesus Christus. Im Evangelium gibt es eine Geschichte von einer kostbaren Perle. Ich liebe sie sehr.

Schon oft habe ich sie weitererzählt: Ein Kaufmann hatte die Perle entdeckt. Darum verkaufte er alles, was er besaß und kaufte das Kleinod. Ich habe meine Augen nicht freiwillig weggegeben – und noch heute würde es mir schwerfallen, auf einen wichtigen Körperteil zu verzichten –, aber vielleicht ist gerade das der Preis für die kostbare Perle: Jesus Christus. Ich weiß, er macht meine Dunkelheit hell.

Seit ich die Bibel lese, komme ich mir weniger

wichtig vor. Es gibt noch etwas, das wichtiger ist. Andererseits kann ich mich wiederum auch besser leiden. Vor Gott hat jeder seinen Wert. Der Glaube an Christus macht ihn wertvoll. Wir sind mehr, als wir auf dem Konto haben.

Brief an Gott

Ich habe Gott einen Brief geschrieben. In Buchstaben, die Blinde nur lesen. Darin erzählte ich von meinem Schicksal. Ich heftete ihn an das Kreuz und wartete. Es vergingen Tage und Jahre; ein Leben ist viel zu kurz dafür. Ich glaubte, er sei verloren, falsch abgegeben, unwichtig im Schatten des Kreuzes.
Nun kam die Antwort. Nicht vom Himmel fiel sie herunter, nicht im Traum wurde sie mir zuteil. Ich las zwischen den Zeilen eines alten Buches die Worte: „Laß dir an meiner Gnade genügen!" Schau', diese Finger haben es gelesen. Sieh', mein Herz hat es geglaubt und mein Leben ist seither gesegnet.

Ein Fest für die Nase

„Freu' dich, Brüderchen," sagte das rechte Nasenloch zum linken, „heute feiern wir ein Fest." „Ein Fest? Ich merk nix!" „Riechst du nicht die großen Herrlichkeiten? Sie kommen aus der rechten Ecke, wo Mutter ist am Werk ..."

In diesem Augenblick öffnet die Mutter die Küchentür, und es entweicht eine Dampfwolke in den Hausflur.

Von Tag zu Tag verstärken sich die Düfte im Haus, je näher Weihnachten kommt. Der Vater hat den Tannenbaum besorgt und ihn im Wohnzimmer aufgestellt wie jedes Jahr. Der kleine Sven darf diesen Raum bis zum Heiligen Abend nicht mehr betreten. Doch jedesmal, wenn sich ihm eine Möglichkeit bietet, schleicht er an der Küche vorbei zur Wohnzimmertür. Hier verdichten sich die Geheimnisse zu einem Gemisch von bekannten und unbekannten Gerüchen.

Er versucht durch das Schlüsselloch ein Stück Zimmer zu erwischen, aber es will ihm nicht gelingen, so sehr er sich auch anstrengt. Er drückt seine Nase auf das Loch und zieht tief Luft ein. Nun glaubt er, all die Gerüche auf einmal zu verspüren, die Weihnachten für ihn zum Fest machen: Tannenbaum, Mandeln und Pfeffernüsse, Spekulatius und Lebkuchen, Äpfel und Kerzenduft. Oh, diese himmlische Welt auf Erden; Konzentration kindlicher Träume.

„Heute feiern wir ein Fest," hob erneut das rechte

Nasenloch mit seinem Gesang an. „Ich merk' nix! Was für ein Fest?" wisperte ihm das linke Nasenloch zu.

Es reckte und streckte sich. Dabei schob es etwas fort und blies sich auf. Der Lärm, der hierbei entstand, erschreckte das rechte Nasenloch maßlos. „Nicht so laut, Brüderchen, die Mutter kommt gerannt, mit der Pille in der Hand, und du mußt das Fest im Bett verbringen." „Ich glaube, ich bin verstopft! Der Schnee ist schuld, der gestern gefallen. O weh, ich komme um mein Fest. Was bleibt mir übrig? Ich muß von der Erinnerung leben. Glaubst du, es wird mit mir besser vor dem Fest?"

„Leise, kleiner Bruder, du steckst mich sonst an. Ich genieße gerade den Glühwein, den Mutter für sich bereitet. Am liebsten schliefe ich mit der Nelke ein und wachte mit Zimt und Ingwer auf." „Ach, wie war das schön, das Fest im vergangenen Jahr," wimmerte das linke Nasenloch fast unhörbar: „Am liebsten bliese ich die Kerzen aus, doch auch ein Nasenloch muß lernen, zu verzichten."

„Ja, Weihnachten ist unser Fest", sagte das rechte Nasenloch mit einem Seitenblick zum Bruder, „da hat unsereins Hochkonjunktur. Man weiß nicht, was man zuerst riechen soll."

„Unser Fest?" wiederholten die Augen im Chor. „Wie könnt ihr stehlen, was uns gehört? Ihr steht unten, wir sind oben; uns gehört der Glanz der Kerzen und der Sternenwelt. Der Geruch ist nur Beiwerk und Schaum. Das Fest ist unser, der Schönheit Anfang."

„Nicht gar so laut, ihr Nachbarn von oben", sagte

der Mund im Kauen emsig, „was zählt, muß auch nähren und Freude für den Gaumen sein. Merkt euch, ihr von den oberen Etagen: Weihnachten ist ein Gaumenfest. Was glaubt ihr, warum der Vater arbeiten geht und die Mutter den ganzen Tag in der Küche steht? Nicht für die Nase und ganz wenig nur für die Augen; für mich dreht sich die Welt und schlägt unaufhörlich das Herz. Was echt ist und recht, darüber entscheiden die Mühlen, und die sind mein."

„Mit vollem Mund spricht man nicht," sagte die Hand nach oben und strich über das ganze Gesicht, als wollte sie etwas wegwischen, das nicht dort hingehörte. „Was an Weihnachten am meisten zählt, ist die Arbeit der anderen. Das hast du wohl in deinem Festeifer vergessen. Bedenke, werter Nachbar von oben: Wer bringt die Säcke zur Mühle, wer macht, daß es dem Gaumen schmeckt? Ist es nicht auch meine Arbeit?"

Die Unterhaltung hörten sich die Ohren mit gespannter Aufmerksamkeit an und schwiegen. Sie wohnten nicht im oberen Haus, sondern quasi in einem Seitenflügel. Im Prinzip stimmten sie mit dem überein, was die Hand zuletzt gesagt hatte. Aber sie wollten sich nicht in anderer Leute Angelegenheiten einmischen. „Wir können doch nicht an Weihnachten unparteiisch sein," flüsterte das eine Ohr zum anderen. „Nur unter uns gesagt, Weihnachten ist doch ein Ohrenschmaus: die Lieder, die Musik und was der Pfarrer sagt. Wenn ich nicht irre, bewahren nur wir den ganzen Schatz an Erinnerungen an die

Krippe in Bethlehem." Ja, uns gehört die Botschaft des Königs der Weihnacht.

Abbas Schah-Mohammedi

Es war völlig dunkel um mich

Hugo Brenner erzählt, wie es dazu kam.

Ich bin Jahrgang 1920. Mein Wehrdienst fiel in die Kriegszeit. Im Oktober 1940 wurde ich zu den Panzerjägern nach Karlsruhe eingezogen. Nach einer harten Ausbildung kam ich dann zur Division 260, die im August 1941 gegen Rußland eingesetzt wurde. Auf unserem Feldzug kamen wir auch nach Kiew und Tschernobyl, das heute, nach dem schrecklichen Reaktorunglück, in aller Munde ist. In meinem Innern habe ich dieses schöne, fruchtbare Land, die Kornkammer der Ukraine, noch immer vor Augen, und es wird mir auch heute weh' ums Herz, wenn ich mir vorstelle, daß diese Landschaft jetzt für lange Zeit strahlenverseucht und tot ist.

Meine erste Verwundung holte ich mir nahe Moskau, eine Schulterverletzung durch Granatsplitter. Am 14. Oktober 1942 begann für uns die größte Schlacht. Als Obergefreiter führte ich das Geschütz und lud auch selber, dabei riß mir ein Granatsplitter den rechten Mittelfinger ab.

Nach Weihnachten 1942 war meine rechte Hand soweit geheilt, daß ich wieder ein Geschütz übernehmen konnte. Man brauchte zu diesem Zeitpunkt jeden Mann, da die Armee durch die harten Gefechte, aber auch durch das wenige Essen und die extreme Kälte viele Ausfälle hatte.

So kam der 3. Januar 1943, ein Tag, den ich nie

vergessen werde. Ich hatte eine Sprengung durchzuführen. Dynamit und Sprengkapseln waren vorhanden, aber kaum Zündschnur. Ich schickte meine Kameraden in Deckung und zündete die Ladung. Es krachte einmal und dann ein zweites Mal, denn durch meine Sprengung explodierte gleichzeitig eine russische Holzmine, die im Boden vergraben war, zugedeckt mit über einem Meter Schnee. Davon konnte ich wirklich nichts ahnen.

Das war meine sechste Verwundung, und ich wußte sofort, daß es mich diesmal sehr schwer getroffen hatte. Es war völlig dunkel um mich, und als ich versuchte, in mein Gesicht zu fassen, merkte ich, daß das gar nicht ging, weil meine beiden Arme zerschmettert waren. Mein Glück war, daß zufällig ein Arzt mit einem Jeep zugegen war, der mich sofort in das nächste Feldlazarett brachte.

Am 11. Januar wurde ich dann ausgeflogen – zunächst nach Krakau und dann nach Berlin. Wie schwer ich verwundet war, wurde mir erst so nach und nach richtig klar. Ich war 23 Jahre alt und konnte und wollte mich einfach nicht abfinden mit dem Verlust meines Augenlichts und beider Hände. Meinen linken Unterarm hatte ich ebenfalls verloren, aber ich hatte noch meinen rechten. Im Lazarett in Berlin erfuhr ich von der sogenannten Krukenberg-Operation. Hierbei werden Elle und Speiche am Unterarmstumpf so gespalten, daß ein zangenförmiges aktives Greiforgan, der Krukenberg-Arm entsteht. Ich ließ diese Operation Anfang Juli von Professor Dr. Kreuz in Berlin an meinem rechten Armstumpf ausführen.

Ein Stück Brot konnte ich nun fassen, ebenso ein Glas, das einen Henkel hatte. Auch mit Stielgläsern aller Art kam ich zurecht, nicht aber mit Kaffee- und Teetassen.

Ohnhänder, die noch zwei Unterarme hatten, schafften das ohne weiteres, denn sie konnten ja den anderen Unterarm dagegen halten. So kann man mit zwei Unterarmstümpfen selbst ohne Krukenberg-Spaltung eine Menge Gegenstände halten. Mir aber fehlte der linke Unterarm. Wie sollte ich so leben? Ich war von der Selbständigkeit eines erwachsenen Mannes in die völlige Abhängigkeit zurückgeworfen. Nichts war mehr so wie früher. Ich würde keine eigenen Entschlüsse mehr selbständig und ohne fremde Hilfe durchführen können bis ans Ende meines Lebens. Ich litt schrecklich unter diesen veränderten Lebensbedingungen.

Und trotzdem kam nach und nach wieder eine positive Lebenseinstellung zurück, und damit begann mein Ringen um wenigstens etwas Selbständigkeit. Hierbei half mir sehr die Bekanntschaft mit Herrn Breitschwert, einem Ingenieur der Firma Bosch, den ich während meiner Zeit im Umschulungslazarett Solitude bei Stuttgart kennenlernte. Herr Breitschwert war Bastler und konnte mir so bei der praktischen Umsetzung meiner Ideen zur Verbesserung meiner Selbständigkeit helfen. Als erstes machte ich mich daran, im Umschulungslazarett Schreibmaschine zu erlernen. Das wurde zunächst bei meiner Behin-

derung als unmöglich angesehen. Doch ein Blindenlehrer stellte mir eine Schreibmaschine zur Verfügung, und eine Schwester half mir bei meinem
Vorhaben. Ich muß heute noch lachen, wenn ich an
die Wattebauschhütchen zurückdenke, die als
Orientierung auf den Tasten angebracht waren.

Ja, aber was standen von 1946 bis zur Währungs-
reform denn schon für Materialien zur Verfügung?
Betteln und Hamstern, Schräubchen um Schräub-
chen waren Trumpf. Dabei wurde ich von der
gesamten Verwandtschaft, besonders von den
Kindern, unterstützt. Als ich dann brauchbare
Geräte so umkonstruiert hatte, daß ich mit ihrer
Hilfe einen Teil meiner Selbständigkeit zurück-
gewinnen konnte, waren alle sehr erstaunt.
Was danach auf mich zukam, konnte ich nicht im
entferntesten ahnen. Die von mir entwickelten
Hilfsgeräte wurden in Stuttgart vom Ministerium für
Arbeit als orthopädische Hilfsmittel zugelassen und
anerkannt. 1950 wurden dann meine Geräte und
Prothesen für Ohnhänder auch in Bonn beim
Bundesministerium für Arbeit und Sozialordnung
zugelassen und anerkannt. Sie liefen fortan unter
dem Namen „Brenner-Geräte". Zu Geld bin ich bei
dieser ganzen Betätigung nicht gekommen, da ich
für die Ausführungen meiner Ideen immer Menschen engagieren und bezahlen mußte. Das ist aber
der Weg und das Schicksal eines Blinden ohne
Hände, dessen er sich bewußt sein muß.
Durch meine Tätigkeit für Kriegsblinde ohne Hände
habe ich mir so in Staat und Gesellschaft einen Platz
geschaffen und Anerkennung gefunden. Dadurch
war ich nie isoliert und konnte mein Selbstvertrauen
erhalten. Dabei habe ich immer Menschen
gefunden, die mir geholfen haben und mir zugetan
waren. Als neuestes habe ich mir den Welt-
empfänger von Grundig so umrüsten lassen, daß ich

ihn allein bedienen kann. Es ist doch interessant, in einer so bewegten Zeit, Nachrichtensendungen aus aller Welt ohne fremde Hilfe hören zu können.

Ein Erfolg? Vielleicht! Aber es bleibt doch die Erkenntnis, daß man als Blinder ohne Hände, trotz guter Hilfen, mit denen man sich etwas Selbständigkeit verschaffen kann, immer auf die Betreuung durch andere Menschen angewiesen ist, sei es die der Frau oder einer Pflegeperson, und das rund um die Uhr bis an das Lebensende.

Hugo Brenner

Überall Grenzen

Nachts, wenn alles schweigt, trete ich vor die Haustür und mache etwas, was ich nur dann mache, wenn ich mich unbeobachtet weiß. Ich schaue zum Himmel empor. Neulich sagte mir einer: „Du kannst ja gar nicht sehen!" „Ich sehe nur, was andere nicht sehen," erwiderte ich und hoffte auf ein Gespräch. Doch vergeblich!

Wir laufen immer nur an Grenzen entlang und können uns die Hand nicht reichen. Drüben scheint die Sonne, hier ist es Nacht. Drüben blüht das Leben, hier schreit der Tod. Nein, es ist nicht wahr euer Urteil, auch ihr müßt mit Grenzen leben.

Ich schrieb einen Brief und warf ihn über die Mauer. Es wird ihn schon einer finden, der meine Handschrift lesen kann. Die Hoffnung trieb mich zur Tat. Aber es hat ihn niemand gefunden.

Sehen mit dem Stock

Mehr als 4 Fünftel aller Informationen über seine Umwelt nimmt der Mensch visuell, also mit seinen Augen auf. Etwa 50 Mill. Menschen sind dazu weltweit nicht in der Lage, weil sie blind sind. Das ist auch das Schicksal von etwa 100 000 Menschen in Deutschland. Etwas besser ergeht es 150 000 Männern, Frauen und Kindern, denen ein Sehrest geblieben ist.

Die Probleme der Sehschwachen unterscheiden sich oft nur unwesentlich von denen der Blinden. Etwa 1/4 Mill. Menschen bewegen sich also Tag für Tag neben uns auf Straßen, Plätzen und Wegen, ohne uns und ihre Umwelt zu sehen.

Wie erleben Blinde ihre Verkehrsumwelt? Mobilität macht einen erheblichen Teil unserer Lebensqualität aus. Damit sie in ihrem weiteren Leben in der Lage sind, sich ohne fremde Hilfe orientieren zu können, üben blinde Kinder die ihnen verbliebenen Sinne: Gehör-, Geruch- und Tastsinn. Auch die Temperaturempfindungen werden intensiv geschult.

An Straßenrändern und an Kreuzungen lernen sie die Bewegungsrichtungen verschiedener Fahrzeuge zu erkennen, Geschwindigkeitsunterschiede zu erfassen, die Anzahl hintereinander fahrender Kraftfahrzeuge zu bestimmen, ihre Bewegungsrichtung festzustellen.

Nach erfolgreichem Training werden sie nicht nur in der Lage sein, festzustellen, woher ein Geräusch kommt, sie werden auch wissen, was es verursacht.

Im Straßenverkehr ist es ihnen dann möglich, zu unterscheiden, ob ein Auto mit einem Viertaktmotor ausgerüstet ist, oder ob es sich um einen Zweitakter handelt; ob das Fahrzeug mit Benzin oder Diesel gefahren wird.

Sie werden wissen, ob sie es mit Autos, mit Motorrädern oder Traktoren zu tun haben. Wenn es allgemeiner Lärm, starker Wind, Regen oder Schnee nicht unmöglich machen, können so geschulte Blinde auch lautlos stehende Objekte hören. Ein parkendes Auto beispielsweise reflektiert den Schall vorbeifahrender Fahrzeuge.

Neben dem Gehör ist der Tastsinn wichtigstes Informationsmittel des Blinden. Schon aus der Antike sind Abbildungen überliefert, die Blinde mit Stöcken darstellen. Doch erst vor etwa 60 Jahren wurde der einheitlich weiße Stock zu einem Symbol der Blindheit und zum ständigen Begleiter der Blinden. Aus dem Erkennungszeichen entwickelte sich schnell eines der universellsten Hilfsmittel.

Heute werden drei Gruppen von Stöcken benutzt: Der hölzerne Gehstock dient meist älteren Menschen als Stütze und Signal. Der Taststock, aus Leichtmetall oder Kunststoff und zusammenlegbar, wird speziell zur Erkundung der Umgebung eingesetzt. Seine relativ kurze Reichweite (Maximallänge 90 cm) erlaubt es dem Träger jedoch nur unvollkommen, ein Hindernis beim Gehen rechtzeitig aufzuspüren. Die dritte Stockform ist der sogenannte Langstock aus Kunststoff. Seine maximale

Länge beträgt 140 cm. Mit seiner Hilfe ertastet der speziell in dieser Technik ausgebildete Blinde Gegenstände, die sich bereits zwei Schritte vor ihm befinden. Erst dadurch gewinnt er die Zeit bzw. die Strecke, die zum Aus-weichen oder Anhalten erforderlich ist.

Was man wissen sollte:
Die folgenden Hinweise für Autofahrer und Fuß-gänger beruhen auf dem täglichen Erleben vieler blinder und sehschwacher Menschen.
Die Mehrzahl aller Verkehrsteilnehmer verhält sich gegenüber Behinderten aufmerksam und rück-sichtsvoll. Fußgänger sollten beachten, daß sich Blinde bei hohem Geräuschpegel, z. B. bei starkem Motorenlärm, nicht mehr mit ihrem Gehör orien-tieren können.
Blinde folgen auf ihren Wegen gerne einer Leitlinie z.B. Wegbegrenzungen und Plattenfugen. Diese sollten Sie freihalten. Machen Sie bitte auf Hinder-nisse auf dieser Linie aufmerksam. Manche Blinde, speziell Kinder und ältere Menschen, haben Hem-mungen, um Hilfe zu bitten. Bemerken Sie Unsicher-heiten, so bieten Sie Unterstützung von sich aus an.
Führhunde sind so abgerichtet, daß sie sich im Dienst nicht von anderen Tieren ablenken lassen. Trotzdem sollten Fußgänger, die Hunde bei sich haben, Abstand zum Blindenhund halten und ihre Tiere in der Gewalt haben.
Führhunde bleiben vor Hindernissen stehen, die sie nicht umgehen können. Es ist nun Sache des

Führhundhalters, zu ermitteln, welcher Art das Hindernis ist und wo der Weg fortgesetzt werden kann. Blinde, die nicht die richtige Stelle zur Überquerung der Straße gewählt haben, sollten darauf aufmerksam gemacht werden.

Es ist durchaus möglich, daß ein Mensch, den Sie vor kurzem noch sicher im strahlenden Sonnenschein sich bewegen sahen, nun im Dämmerlicht hilflos erscheint. Auch Sehschwache bedürfen der Aufmerksamkeit Sehender.

Besonders bei kurzzeitigen Baumaßnahmen sind die Absperrungen oft unzureichend. Das Schild „Fußgänger andere Straßenseite benutzen" erreicht nur Sehende. Eine als Absperrung gezogene Schnur ertastet der Blinde eher zufällig.

Nicht jeder Blinde ist auf Anhieb als solcher zu erkennen. Wundern Sie sich nicht, wenn Sie nach etwas gefragt werden, was Ihnen offensichtlich erscheint.

Führhunde sind nicht auf Fahrzeugverkehr dressiert. Auch die Farben können sie nicht unterscheiden. Sie bleiben deshalb am Rande des Fahrwegs stehen. Die Entscheidung, ob frei ist oder nicht, fällt allein der Blinde selbst oder mit Ihrer Hilfe.

Autofahrern empfohlen:
Unsere Straßenverkehrsordnung fordert besondere Rücksichtnahme gegenüber hilfsbedürftigen Personen. Dazu gehören auch Blinde. Sehbehinderte, die sich bereits auf dem Überweg befinden, bedürfen besonders der Hilfe der Autofahrer.

An Baustellen, wo Fußgänger per Schild aufgefordert werden, die andere Straßenseite zu benutzen, gehen Blinde am Bordstein weiter. Hier ist besondere Vorsicht geboten.

Bemerken Sie einen Blinden am Straßenrand, der augenscheinlich auf die andere Seite möchte und Ihr Fahrzeug ist zur Zeit das einzige auf diesem Straßenabschnitt, so halten Sie nicht an, sondern fahren weiter, damit der Blinde hinter Ihrem Auto die freie Fahrbahn überqueren kann.

Übrigens, freundliche Gesten nützen nichts. Ihr Winken wird unbemerkt bleiben. Wollen Sie einem Blinden etwas mitteilen, müssen Sie die Tür oder das Fenster öffnen und ihn ansprechen.

Nach der Zeitschrift „Straßenverkehr"

Anekdoten im Straßenverkehr

Die blinde Erna Bürger wollte in Leipzig über die Straße gebracht werden. Eine alte Oma reichte ihr den Arm. Heil über die Straße gekommen, bedankte sich die Greisin mit den Worten: „Danke für Ihre Hilfe."

Ich kam von einem Behördengang und mußte eine verkehrsreiche Straße passieren. Ich stand am Straßenrand und horchte nach Schritten. Männerschritte näherten sich mir. Doch bevor ich um Hilfe bitten konnte, erkannte der Mann meine Situation und rief mit einer Baßstimme: „Sie können rüwer gehen, junger Mann, jrüner wirds nich!"

Norbert Laub

Am Bordstein erleben Blinde die dollsten Dinger, sagte Norbert Laub und erzählte: „Vor einiger Zeit brachte mich eine alte Frau über den Damm. Die rote Phase dauerte wieder einmal sehr lange. Wir kamen darüber ins Gespräch. Nach ein paar Worten des Bedauerns über meine Blindheit drückte sie meinen Arm ganz herzlich an sich und sagte: „Ich hab mal in der Zeitung gelesen, die Blinden könnten bald wieder sehen. Sie können mir das glauben!"

Im Korridor meiner Dienststelle erwischte ich einen Kollegen, den ich darum bat, mich zum Bus zu bringen. Er tat es auch. Aber als es etwas länger dauerte als erwartet, sagte er in Berliner Ton: „Ick setz dir einfach in een Bus rin, Hauptsache du bist weg! Ick hab nemlich Feierahmt!"

Norbert Laub

Ich stand mit meinem Freund an der Straßenbahn. Damals konnte ich noch die Bahn sehen, aber nicht die Liniennummer. Ich fragte einen Fahrgast: „Können Sie mir bitte sagen, welche Linie?" Darauf der Mann:„Ihr Kollege hat doch een Blindenhund!"

Norbert Laub

Meine blinde Freundin und ich gingen vom Gottesdienst nach Hause. Auf einmal streifte sie jemand: „Oh, entschuldigen Sie bitte!" Ich schaute mich um. „Du brauchst dich nicht zu entschuldigen. Das war ein Hund."

Wenn die Augen nicht kontrollieren, müssen Nase und Hände her

Auch blinde Mütter sehnen sich nach eigenen Kindern, doch sie haben es doppelt so schwer bei der Kindererziehung wie ihre sehenden Schwestern. Die Gründe dafür liegen auf der Hand. Wenn sehenden Müttern z.b. die Kinder weglaufen, machen sie sich darüber keine Kopfschmerzen. Anders blinde Mütter. Wissen sie doch nicht, wo und in welcher Gefahr sich das Kind eventuell befindet. Deshalb hängen manche Frauen ihren Kindern kleine Glöckchen um, damit sie ihre Bewegungen verfolgen können.

Andere legen einen Laufgurt an, der die Kinder am Weglaufen hindern soll. „Ich habe mein Kind zunächst nur getragen; anfangs in einem Tragetuch vor dem Bauch, später in einem Tragegestell auf dem Rücken. Wollte es selbst laufen, mußte es dies unweigerlich an meiner Hand tun, was es auch bald verstanden hatte. Oder ich ging mit ihm dorthin, wo keine Autos fahren durften."

Bemerkenswert ist, daß Kinder die Situation ihrer blinden Mütter ausnutzen, sobald sie wissen, daß kein Sehender in der Nähe ist. „Mein Sohn hörte dann häufig nicht mehr auf mich und legte es darauf an, daß ihm hinterhergelaufen werden mußte."

Beim Essen ist eine ständige Kontrolle über das

Kind nicht immer möglich, deshalb füttern manche Frauen ihr Kind über ein Jahr mit der Flasche.

Sicherlich gibt es immer wieder Probleme, weil blinde Frauen manches nicht so einfach und schnell durchführen können, wie sehende. Sie sind dann sehr schnell gereizt, wenn ihnen z. B. beim Putzen die Kinder zwischen den Beinen herumspringen und sie das Gefühl haben müssen, der Putzeimer könnte gleich umfallen. Der sehende Partner hat das viel schneller erledigt.

Wofür Blinde bisher noch keine Lösung gefunden haben, ist das Fiebermessen und teilweise auch das Verabreichen von Medikamenten. Erfreulicherweise gibt es aber inzwischen sprechende Fieberthermometer, die allerdings noch sehr teuer in der Anschaffung sind. Zwar können Tropfen auch in einen Becher gegeben werden, und Hustensäfte sind machmal mit fühlbar markierten Meßgeräten ausgestattet, aber es gelingt meist nicht, eine Messerspitze eines Pülverchens unbeschadet bis zum Munde des Kindes zu befördern. Es wird entweder weggepustet oder die Kontrolle über die Dosierung fehlt.

Ein weiteres Problemfeld taucht auf, wenn Kinder zur Schule gehen. Wie soll eine blinde Mutter die Schulaufgaben ihres Kindes beaufsichtigen? Manche Mütter suchen sich einen Studenten, andere lassen die Nachbarn nachschauen. Wieder andere lassen ihr Kind zusammen mit Schulkameraden die Aufgaben erledigen.

In der Pubertät hält es eine Mutter für besonders

notwendig, zu den Freunden und Freundinnen ihres Kindes Kontakt zu knüpfen, um so seinen Umgang kennenzulernen. Eine Auseinandersetzung der Mutter mit Freunden und Freundinnen oder auch Lehrern und Lehrerinnen ist für das Kind wichtig, denn es kann für Kinder und Mütter sehr verletzend sein, wenn die Umwelt die blinde Mutter nicht als vollwertige Person akzeptiert.

Eine Befragung unter blinden Müttern hat ergeben, daß alle Mütter in irgendeiner Art Probleme damit hatten, ihr Kind nicht selbst beobachten zu können, z. B. ihre Gestik und Mimik, oder weil sie ihnen beim Spielen nicht zuschauen können. Eine Mutter meinte, gerade dadurch nicht so viel von ihrem Kind mitzubekommen wie sehende Mütter. Es ist andererseits auch schön, mitzuerleben, wie gut sich schon sehr kleine Kinder darauf einstellen können, daß sie ihrer blinden Mutter alles mit der Hand zeigen oder in die Hand geben müssen: „So zeigt mein Kind seine Bilder genau mit den Fingern und beschreibt sie."
In den Bereich des Nichtbeobachtenkönnens gehört auch der Punkt, daß für viele Frauen wichtig ist, ihr Kind sehendgerecht zu erziehen. Es störte z. B. eine Mutter, als sie einmal mitbekam, daß ihr Kind sie nachahmte und mit den Händen auf dem Boden nach etwas Verlorengegangenem suchte. Eine andere Mutter hatte Probleme damit, mit ihren Kindern in der Öffentlichkeit zu essen, solange diese das Essen nicht einwandfrei beherrschten.
Eine andere Mutter sagte: „Für mich war es nie

wichtig, daß meine Kinder mich imitieren konnten. Ich denke, daß die Kinder sehr bald merken, daß es schneller geht, wenn sie ihre Augen einsetzen, als wenn sie z. B. beim Suchen meine Methoden anwenden."

Einige Tips

In keinem Alter das Verhalten der Kinder auf der Wickelunterlage unterschätzen. Alles griffbereit, aber unerreichbar für das Kind vorher zurechtstellen. Ein Spielzeug in die Hand geben, um zu vermeiden, daß sich das Kind mit seinen Exkrementen beschmiert (durch Riechkontrollen an den Händen feststellbar).

Einen Kinderwagen kann eine blinde Mutter nur unter Schwierigkeiten benutzen. Dagegen bietet sich das Tragetuch als ein praktisches Mittel an, das sowohl Körperkontakt mit der Mutter gewährleistet als auch das Einsteigen in den Bus problemlos ermöglicht. Wird ein Kinderwagen bevorzugt, ist es sinnvoll, ihn hinter sich herzuziehen, um so mit dem Stock vortasten zu können. Bewegt sich das Kind selbst fort, ist es nützlich, ein Glöckchen anzubringen, aber auch das Achten auf seinen Atem, der gerade bei Kleinkindern sehr deutlich zu hören ist. Kommt es zu Stürzen des Kindes, kann man sich unter ungünstigen Bedingungen schon damit helfen, daß man die Stelle ableckt, um sie auf blutende Wunden zu untersuchen. Dies ist besonders dann wichtig, wenn die Mutter mit feuchten und kalten

Händen die Verletzung nicht wahrnehmen kann.

Fazit

Im Prinzip ist die Rolle blinder Mütter mit der sehender vergleichbar. Sie mag sich von ihrer Darstellung her etwas unterscheiden, doch haben sehende Mütter sicher andere und ähnliche Probleme, die ja bei beiden Personengruppen ohnehin von Frau zu Frau wieder verschieden sind. Bei Problemen bedarf es vielleicht für blinde Mütter anderer Lösungsmöglichkeiten. Macht ein Kind einer blinden Mutter manche Erfahrungen zu einem bestimmten Zeitpunkt noch nicht, macht es sie vielleicht später. In sehenden Familien machen auch nicht alle Kinder alle Erfahrungen zur gleichen Zeit.

Eine blinde Mutter schreibt: „Viele Probleme werden von außen, nämlich durch die verinnerlichten Wertvorstellungen unserer Gesellschaft an uns herangetragen und stellen sich somit eher als Werthindernisse dar. Ich denke, es wäre gut für uns Mütter, wir könnten diese dann für uns über Bord werfen, wenn sie uns hinderlich in unserem Umgang mit unseren Kindern sind."

Thema einer Examensarbeit
Aus: Trierische Tonpost

Veras Prüfung

Ihre Kraft und ihren Mut muß man einfach bewundern. Vera, spastisch gelähmt und alleinerziehend mit 4 Kindern.

„Die meisten Leute, die mich nicht kennen, sehen mich als asozial an, weil ich gleich zu vier Randgruppen gehöre: ich bin behindert, habe vier Kinder, lebe von der Sozialhilfe, und mein Mann hat uns verlassen."

Die 35jährige Frau mit den glatten blonden Haaren und den großen braunen Augen macht indes keinen asozialen Eindruck. Sie lebt mit ihren vier Kindern im Alter zwischen 5 und 14 Jahren in einem Arbeiterviertel und versucht ein ganz normales Leben zu führen.

„Aber heute ist es ohnehin schon ungewöhnlich, vier Kinder großzuziehen." Und diese Aufgabe dann noch mit der Sozialhilfe zu bewältigen kommt einem Kunststück gleich.
So ähnelt Veras Leben eher einem Drahtseilakt. Zum einen muß sie um jede Unterstützung, die ihr in ihrer besonderen Situation zusteht, wie eine Löwin kämpfen, zum anderen trauen ihr fremde Menschen wegen ihrer spastischen Lähmung nicht zu, ihre vielfältigen Aufgaben meistern zu können. So muß sie sich ständig beweisen.
Dieses Mißtrauen ihrer Mitmenschen bekam die von

Geburt an behinderte Vera schon zu spüren, als sie das erste Mal schwanger war. „Die Ärztin wunderte sich, daß ich das Kind tatsächlich austragen wollte. Die Leute haben mich gefragt, ob ich sicher bin, daß die Behinderung nicht erblich ist. Sie haben bestimmt gedacht: „Wie kann die auch noch ein Kind kriegen?"

Vera und ihr Mann freuten sich auf den Nachwuchs. Ohne die Reaktion der Umwelt wäre die junge Frau nie auf die Idee gekommen, an ihren Fähigkeiten, eine gute Mutter zu sein, zu zweifeln.

Die Fragen und Einschätzungen der Mitmenschen glitten jedoch nicht spurlos an ihr ab: „Jede werdende Mutter hat Angst um ihr Kind, das ist normal. Bei mir sind die Ängste durch die Fragen der anderen noch verstärkt worden."

Vera war hin- und hergerissen zwischen der Befürchtung, die anderen könnten doch recht haben, sie handle verantwortungslos, in ihrem Wissen, daß die Chance ein behindertes oder nichtbehindertes Kind zu bekommen, gleichgroß war.

1977 wurde Torsten mit einem Kaiserschnitt entbunden – nicht behindert. Der Beweisdruck, unter dem Vera stand, hörte damit aber nicht auf. Das Baby wollte zunächst nicht trinken und nahm die Flasche nicht an. Die Leute, die im Krankenhaus Veras erfolglose Versuche beobachteten, sagten: „Die kann nicht einmal mit dem Kind umgehen."

Die junge Mutter stellte jedoch bald fest, daß sie gut mit dem Baby zurechtkam. Ganz sicher war sie sich vorher nicht, weil ihre vier Gliedmaßen alle von der spastischen Lähmung betroffen sind. Sie läuft schwerfällig, steif und schief, denn die Lähmung ist links stärker ausgeprägt als rechts. Mit dem rechten Arm hat sie keine Schwierigkeiten, aber links kann sie nur grob motorische Bewegungen ausführen. Sie hält den linken Arm ständig in einer angewinkelten Stellung, weil die Sehne am Ellenbogengelenk verkürzt ist.

„Torsten, wie seine drei jüngeren Geschwister haben sich auf meinen Körper eingelassen. Ich habe sie mit rechts hochgenommen und mit links nur ein wenig unterstützt. Von Anfang an haben die Babys gespürt, daß sie mithelfen müssen und haben sich festgeklammert. In ihren motorischen Fähigkeiten waren meine Kinder so stets weiterentwickelt als die Gleichaltrigen."

Heute besuchen die beiden ältesten, Torsten und Bernd, das Gymnasium, Katrin geht noch zur Grundschule, und die 5jährige Anke bringt Vera jeden Tag zum Kindergarten.

Anke wurde drei Monate zu früh geboren. Die Fruchtblase war geplatzt, so daß die Geburt eingeleitet werden mußte. Der Arzt sah für das Kind keine Überlebensmöglichkeit. Eine geringe Chance gäbe es nur, wenn das Kind durch einen Kaiserschnitt geholt würde, wovon er aber mit Rücksicht auf Vera abriet. Außerdem wären die meisten Kinder, die unter solchen Umständen geboren würden, behindert.

Vera weigerte sich jedoch, das Kind aufzugeben. Sie ließ sich gegen ärztlichen Rat nicht unter Drogen setzen und wollte alles für das Kind tun, was ihr möglich war. In dieser Situation, in der sie den schmalen Grad zwischen Leben und Tod deutlich am eigenen Leib erfuhr, fand sie zu einem intensiveren Glauben an Gott. Sie sagte sich: „Ich nehme es an, wie es ist. Auch wenn das Kind schwerstbehindert ist, wird es eine Lösung geben."

Das Wunder geschah. Anke wurde geboren und lebte. Nun wurde es in der Klinik hektisch; denn da man mit dem Leben des Kindes nicht gerechnet hatte, war auch kein Brutkasten vorbereitet worden. Die kleine Anke mußte als Baby viel durchmachen. Heute sieht man der kleinen, quirligen Person nichts mehr von ihrer früheren Gebrechlichkeit an.

Seit dieser Zeit vertraut Vera auf Gott und weiß, daß sie nie wirklich allein ist.

Es gab eine Zeit, da spielte sie mit dem Gedanken, aus der Kirche auszutreten. Da lernte sie eine Gruppe junger Menschen kennen, die alle auf der Suche nach Gott waren. Diese Gruppe, in der keine Vorurteile gegen Behinderte herrschen, trifft sich wöchentlich, um über das Evangelium zu sprechen und gemeinsam zu beten. Hier hat Vera den Halt gefunden, den sie schon immer suchte.

"Kirche ist überall dort, wo Menschen nach Gott fragen", sagt sie heute. Vera hat ihre Lebensprüfung bestanden.

Nach einem Zeitungsbericht

Kann man auch so das Leben lieben?

Ich steh' an einem Tag im Leben,
da ist die Welt nicht mehr im Lot,
es soll kein Licht mehr für mich geben,
ist das nicht schon der halbe Tod?

Soll nur noch bitte, danke sagen,
auf andre angewiesen sein?
Hat auch das Schicksal mich geschlagen,
das kann doch nicht das Ende sein.

Mein halbes Leben steht noch offen,
o nein, das akzeptier' ich nicht!
Jedoch, was kann ich noch erhoffen,
bleibt mir nichts anderes als Verzicht?

Kann man auch so das Leben lieben?
Ich will's versuchen, bin gesund,
vier Sinne sind mir noch geblieben,
dazu Verstand und Herz und Mund.

Kann ich nicht riechen all den Duft,
den die Natur so reich verschwendet?
Und Töne dringen durch die Luft,
die die Welt ringsum mir sendet.

Ich kann doch fühlen, ich kann denken,
ich kann doch sprechen und versteh'n,
ich kann doch so viel Wärme schenken,
denn irgendwie muß es doch geh'n.

Hier hilft kein Jammern, keine Klage,
ich selbst muß handeln, etwas tun,
muß vieles ändern, ohne Frage,
es ist nicht Zeit, um auszuruh'n.

Ursula Patzschke

Versteckspiel

Die Legende erzählt: Als die Mutter das Kind geboren hatte, verlor sie es aus den Augen. Es wuchs alleine auf, wurde ein Mann, heiratete und wurde Vater
vieler Kinder. Er sehnte sich nach der Mutter, auch als
alter Mann. Das Mal an seinem Leib erhielt die Erinnerung an sie wach. Die Kinder wurden groß und
mehrten sich, wurden ein Volk, wurden viele Völker.
Sie alle sehnten sich, wie heute noch, nach der Mutter, der Urmutter. Auf der Suche nach ihr erfanden
sie die Arbeit, die Technik und die Wissenschaften.
Sie bestellten Felder, ernteten und aßen Brot. Sie
sangen Lieder und fuhren mit Autos fort. Wenn der
Abend kam, der Anfang der Nacht, schauten sie auf
den Morgen, der Sehnsucht langen Atemzug. Sie
wurden krank, genasen wieder, litten Schmerzen,
unsägliche Pein. Sie suchten die Sehnsucht auf jegliche Weise: In Essen und Trinken, in Ruhe und
Hast. Sie schrieben Briefe, erhielten Post. Sie führ-
ten Kriege und blieben fort. Die Armen wurden
ärmer, die Reichen stärker. Die einen sehnten den
Tod herbei, die andern wollten ewig leben. Sie gingen zur Kirche, suchten sie dort: „Erst mußt du
sterben, zur Mutter eilen, dann wirst du getröstet,
für Mühsal belohnt".
Ich suchte die Mutter in Gossen und Bordellen. Alle
Wege trugen ihre Fußspuren. Wo ist die Mutter,
mein Ebenbild? Nicht oben, nicht unten, sie hat sich
versteckt.

Ich muß sie suchen, denn sie sucht auch mich. Ich komme zu Kindern, finde sie im Spiel und entdecke mein Lebensziel. Seht, das ist die Mutter, verborgen im Versteck, und von Kindern einzeln entdeckt. Ich komme nach Hause, suche und suche. Es vergehen Tage, vergehen Jahre. Die Sonne verfinstert, das Licht scheint nicht mehr. Ich suche im Dunkeln und finde die Mutter im eigenen Versteck.

Gott suchte Adam in seinem Versteck. Wer sucht aber ihn im eigenen Versteck?

1945 war alles aus

Wenn ich an meine Kindheit und Jugend denke, dann kommt es mir so vor, als ob da immer die Sonne geschienen hätte. Mein Elternhaus stand in einem Bauerndorf an Rande der großen Stadt Breslau. Ich mag ungefähr sechs Jahre gewesen sein, da dachte ich: Ach, wenn es doch immer so bleiben könnte! So groß war die Geborgenheit im Elternhaus.

Es muß wohl noch vor 1933 gewesen sein. Da kam eines Abends mein Vater von seinem Dienst nach Hause. Er war Beamter bei der Stadt Breslau. Er erzählte uns, daß die Gehälter gekürzt werden sollten. Eigenartig, in dieser Stunde bewegte uns nicht die Niedergeschlagenheit. Vielmehr dachten wir gemeinsam über unseren weiteren Weg nach. Vielleicht würden wir drei Jungens das Gymnasium nicht mehr besuchen können. Wir überlegten, was wir dann für einen Beruf lernen sollten.

Mitte der dreißiger Jahre hatten wir ein anderes Gespräch mit unserem Vater. Er sagte: „Falls ich einmal von der Gestapo abgeholt werden sollte, glaubt nie, daß ich meinem Glauben an Christus absagen werde." Man hätte zwar Mittel, meinte er, Menschen zu solchen Aussagen zu bringen, das wäre aber dann nicht seine wirkliche Meinung. Meine Eltern und damit auch wir drei Brüder waren in unserer Kirchengemeinde und im Christlichen Verein Junger Männer zu Hause. Das war im 3. Reich keine Selbstverständlichkeit. Das war damals ein Glaubensbekenntnis. Mein Vater stand ehrenamtlich im Verkündigungsdienst. Da hielt er Gottesdienst in der Kirche. Dort sprach er im CVJM oder in Gemeinschaften oder in Freikirchen. Auch im sozialen Bereich engagierte er sich. In allem stand meine Mutter ihrem Mann treu zur Seite.

Das alles hat mein Leben geprägt: Der entschiedene Glaube an Christus, der unser Elternhaus bestimmt. Der Blick für den Andersgläubigen. Das offene Herz und die offene Hand für Menschen, die in Not sind.

Nach dem Abitur begann ich meine Ausbildung zum Reichsbahninspektor. Doch schon bald, am 5. 2. 41 wurde ich zur Wehrmacht einberufen. Damit war der Schlußstrich unter meine Jugend gezogen.

Nun geschah eine weitere Weichenstellung in meinem Leben. Am 15.1.1945 verlor ich an der Front mit einem Schlag mein Augenlicht für immer. Wie durch ein Wunder entkamen wir dann nachstoßenden sowjetischen Panzern. Nach den ersten schweren Wochen konnte ich wieder „vorwärts sehen". Das Ziel schien klar: Ich wollte Jura studieren, um dann weiter bei der Bahn arbeiten zu können. Aber das blieb nicht so. Es kamen neue Tiefschläge. Die Realität eines verlorenen Krieges brach über mich herein. Der Weg in die Heimat wurde verbaut. Meine Mutter und ich hatten nach Kriegsende bei lieben Menschen in der Nähe von Chemnitz Aufnahme gefunden. Der Weg zurück ins Lazarett in Würzburg, von wo ich in Urlaub geschickt wurde, war unterbrochen. Im Osten aber wollte ich Jura nicht studieren. Meine Brüder waren in weiter Ferne. Mein Vater verlor in der Kriegsgefangenschaft sein Leben. Bekannte, Freunde und andere Verwandte waren in ganz Deutschland durch die Vertreibung zerstreut. So standen wir allein. Wir lebten von dem wenigen, was wir gerettet hatten und von dem, was man uns schenkte. So wollte ich versuchen, zu arbeiten, um Mutter und mich zu versorgen. Dazu mußte ich umgeschult werden. Was aber? Ein Blindenlehrer riet mir, Korbmacher zu werden. Als der Korbmachermeister sich meine Hände ansah, die so harte Arbeit nicht gewohnt waren, meinte er, ich solle doch lieber Bürstenmacher lernen. Das tat ich. In dieser Zeit kam ein Vertreter der Bahn zu mir und meinte, ich könne dort wieder anfangen, zumindest als Stenotypist, wenn ich Schreibmaschine lernen würde. So lernte ich auch Blindenstenographie und Schreibmaschine. In dieser für mich so harten Zeit kam ich in Verbitterung und Verzweiflung. Heute bin ich froh, daß ich das erlebt habe. Man kann dann Menschen besser verstehen, die in Not sind. Wie wurde es bei mir anders?

Da ist zunächst meine Mutter zu nennen. Wir trugen uns gegenseitig. Eines Tages in der Adventszeit 1946 bekamen wir Besuch. Junge Menschen aus der Landeskirchlichen Gemeinschaft im Nachbardorf luden mich zu einer Adventsfeier ein. Ich freute mich darüber und nahm die Einladung an. Die Andacht, die bei dieser Feier gehalten wurde, war nicht mein Fall, obwohl mir sonst dort alles gefiel.

Daß junge Menschen, die ich bis dahin gar nicht gekannt hatte, sich um mich kümmerten, half mir sehr. Ich fand dann auch in einer Familie dort ein Stück Heimat. Hier wurde gelebt, was gepredigt wurde. Hier lernte ich einen kriegsblinden Kameraden des ersten Weltkrieges kennen. Er wurde mein Freund und Seelsorger. In dieser Zeit machte ich Bestandsaufnahme bei mir. Worauf könnte ich mein Leben jetzt gründen? Das, was ich in dieser Gemeinschaft und im Elternhaus erfahren hatte, wurde mir neu wichtig. Ich lernte meine Blindheit zu akzeptieren und sie als guten Weg Gottes mit mir und als meine Lebensaufgabe zu sehen. Natürlich gab es auch später noch Schwierigkeiten und Nöte. Nun aber konnte ich sie anders tragen.

Diese grundsätzliche Bejahung meines Lebensweges galt es, in der Praxis auszuleben. Neben meiner Mutter halfen mir viele andere Menschen, insbesondere meine verstorbene und meine jetzige Frau, unsere Kinder und ehrenamtliche Mitarbeiter. Dann waren da auch die treuen Blindenführhunde. Es war gut, mit ihnen zusammenzuarbeiten. I c h mußte wissen, wo ich hinwollte, s i e hatten Hindernisse zu umgehen. Da war das 8 km entfernt liegende Städtchen Dahme. Dort kaufte ich eine Reihe von Jahren ein. Oder es gab in der Kreisstadt Jüterborg, 25 km entfernt, bei den Behörden zu tun. Meine Fahrten von unserem Dorf nach Berlin zu Blindenkreisen – ca 100 km – oder anderswohin habe ich meist allein und ohne Hund gemacht.

Meine Frau brachte mich zur nächsten Bushaltestelle oder zum nächsten Bahnhof und bat jemanden, mich mit in den Zug zu nehmen. Unterwegs fragte ich dann, wer mir bis zum nächsten Zug oder zur Taxe oder nur bis zur Treppe helfen könnte. Manchmal ging es auch einfach mit dem Stock allein weiter. Natürlich war das nicht leicht oder gar ungefährlich. Es gäbe manches mehr zu nennen, wie ich mein Leben in der Blindheit zu bewältigen versuchte. Nur einige Beispiele: Ich sagte immer: „Ich bin zu Hause der Postminister." Damit meinte ich, daß ich den größten Teil der Post allein erledigte. Meine Frau hatte ja genug anderes zu tun.

Unsere Katechetin fuhr mit mir in die Außendörfer zu den Gottesdiensten. Sie spielte auf der Orgel, und während ich predigte, hielt sie den Kindergottesdienst. Zu Beerdigungen in den Außendörfern wurde ich per Auto oder Motorrad abgeholt. Jemand führte mich und half mir dann auch am Grab. Ich habe eigentlich nie Angst gehabt, daß ich ins Grab fallen würde. Peinlich wäre es mir aber gewesen, wenn ich beim Erdeinwurf daneben getroffen hätte.

So wollten täglich viele Aufgaben gelöst werden, die für einen Blinden schon Probleme waren. Vieles konnte ich wohl schaffen, weil ich einfach viel wagte, nicht leichtsinnig, sondern im Vertrauen auf Gottes Nähe und Hilfe.

Mein Weg in die Blindenseelsorge war die dritte Weichenstellung in meinem Leben. Einen Teil der Zurüstung erhielt ich wohl in meiner Jugend, durch meine Erblindung und deren Bewältigung. Ziemlich bald nach meiner Erblindung wollte ich anderen Schicksalsgefährten irgendwie helfen.So dachte ich 1945 an eine Weihnachtsfeier. Daraus wurde zwar nichts, aber Pfingsten 1946 war es dann soweit. Mit einer Chemnitzerin, die dasselbe Anliegen hatte, wurde geplant und vorbereitet. Eine Kirchengemeinde im Erzgebirge nahm uns über die Feiertage auf. Sechzehn Blinde und eine Begleitung waren wir. Meist Kriegsblinde, die keine Heimat mehr hatten und die nichts von ihren Angehörigen wußten. Wir waren in Privatquartieren untergebracht. Zum Dank an die Gemeinde wurde von uns Blinden ein „bunter Nachmittag" gestaltet. Natürlich nahmen wir auch an den Gottesdiensten teil. Das war der Anfang vieler solcher Fahrten über viele Jahre. Es wurden dann immer mehr Teilnehmer und nicht nur Kriegsblinde. Damals ging es mir nicht darum, blinde Menschen unter das Wort Gottes zu bringen. Ich wollte ihnen nur helfen, ihr Leben in der schweren Zeit besser zu ertragen.

Eines Tages, wohl im März 1948, begegnete mir Georg Hentsch. Er hatte in der Kriegsgefangenschaft den größten Teil seines Augenlichts verloren. Nun kümmerte er sich – mit furchtbar kleinem Gehalt bei großer Familie – um blinde Menschen in Sachsen und bald auch darüber hinaus. Er fragte mich: „Meinen Sie, daß das, was Sie tun, die wirkliche Hilfe für blinde Menschen ist?"

Diese Frage führte bei mir zum Kurswechsel. Natürlich, gleich nach dem Krieg war die äußere Hilfe sehr notwendig. Ich hatte ja persönlich solche

48

Hilfe erlebt. Aber entscheidend war doch, daß mir hinter der selbstlosen Hilfe von Menschen Gottes Liebe begegnet war. Diese Erfahrung wollte ich nun in erster Linie weitergeben. Man kann viel haben, wenn man aber Gott nicht hat, fehlt einem viel – oder alles.

Nun tauchten zwei neue Fragen auf. Meine ehrenamtlichen Aufgaben wurden mir neben der Arbeit als Stenosekretär bei der Bahn in Chemnitz zuviel. Sollte ich halbtags arbeiten?
Das aber gab es nicht. Zum andern wollte ich mich für den Dienst in der Blindenseelsorge zurüsten lassen. Darum ging ich Ostern 1952 zu einer theologischen Ausbildung, die besonders für ehemalige Soldaten gedacht war, nach Berlin ins Paulinum. Inzwischen hatte Georg Hentsch sehr viele Blindenkreise in der DDR aufgebaut. Sein Kummer war „der weiße Fleck Berlin". Zwar kam dort etwa zweimal im Jahr ein großer Kreis Blinder zusammen – wohl unter der Anregung des Christlichen Blindendienstes Wernigerode. Aber wie konnte man mit e i n e m Kreis die vier- bis fünftausend sehbehinderten Menschen der großen Stadt erreichen? Auf Betreiben von Georg Hentsch richtete Wernigerode fünf Blindenkreise ein, die jeweils monatlich zusammenkamen. Dazu hatte man eine halbe Kraft angestellt. Als es nun Ende April 1952 losgehen sollte, kam ich gerade nach Berlin. Hentsch meinte: „Da kannst du gleich mitmachen." So geschah es. Die dafür Angestellte und ich als Studierender arbeiteten

zusammen. Da es unter den damaligen Umständen in der DDR besser war, wenn eine kirchliche Stelle in Berlin die Hauptverantwortung trug, wandten wir uns an Bischof Dibelius. So kam es, daß im Sommer 1953 die Berliner Stadtmission in großzügiger Weise die Verantwortung übernahm. Als ich dann Ostern 1954 mit meiner theologischen Ausbildung fertig war, wurde ich als erster blinder Mitarbeiter als Blindenmissionar für ganz Berlin angestellt. Aber schon 1956 wiesen mich die Behörden Ostberlins mitsamt meiner Familie aus der Stadt aus. So kam ich in ein Dorfpfarramt in der DDR. Neben meinem Pfarramt habe ich aber ehrenamtlich in Ostberlin weiter verantwortlich in der Blindenseelsorge gestanden. Ich bin froh, daß diese Arbeit in ganz Berlin bis heute gut weitergegangen und gewachsen ist. Immer waren neben vielen Sehenden auch Blinde ehrenamtlich und hauptberuflich in diesem Dienst.

Sollte mich jemand fragen, ob ich durch mein Schicksal angefochten bin in meinem Vertrauen auf Gott, würde ich antworten: Sehen können wäre sehr schön und machte das Leben leichter. Aber wichtiger ist für mich das Wissen, daß Gott da ist und mich liebt. Er hat für mich diesen Weg zugelassen. Auf diesem Weg bin ich IHM näher gekommen und wurde in den Dienst an anderen gestellt.

Das Wort aus 2. Korinther 1, Vers 3 und 4 hat mir dabei viel geholfen: „Gelobt sei Gott, der Vater unseres Herrn Jesus Christus, der Vater der Barmherzigkeit und Gott allen Trostes, der uns tröstet in aller unserer Trübsal, damit wir trösten können, die

da sind in allerlei Trübsal, mit dem Trost, mit dem
wir selber getröstet werden von Gott."

Friedrich Gelke

Kraft aus der Tiefe

Da geht durch die Oase in der Wüste ein finsterer Mann, genannt Ben Zadok. Er war ein Mensch mit galligem Charakter, einer von den Typen, die nichts Schönes und nichts Gesundes anschauen können, ohne irgendwie daran herumzumachen. Und er sieht am Rand der Oase einen jungen Palmbaum stehen. Der sticht ihm in die Augen. Er überlegt. Und während des Nachdenkens nimmt er einen großen schweren Stein und setzt ihn dem jungen Palmbaum oben in die Krone. Und dann geht Ben Zadok böse lachend davon.

Der junge Baum versucht den Stein abzuschütteln. Er stemmt sich dagegen. Aber es gelingt ihm nicht. Was tut er nun? Er treibt seine Wurzeln in die Tiefe, bis sie die Wasseradern der Oase erreichen und dem Baum neue Kraft zuführen, damit er mit der Last, die auf ihm liegt, fertig wird. Der Palmbaum wächst über alle anderen hinaus.

Ich möchte eine Kirche sein

Ich möchte eine Kirche sein, mitten in meiner Stadt. Niemand soll die Tür verschlossen finden. Freund und Feind kommt, laßt euch nieder! Ruh'n sollt ihr euch vom Mühsal der Arbeit, Friede finden für Seele und Leib. Schaut, dort steh'n die Kerzen, verzehren das Dunkel, spenden ihr Licht. Hier hängt das Kreuz, Christus auf Erden, ein Opfer für Sünden.

Ich möchte eine Kirche sein, geöffnet am Alltag für Handwerker und Ausländer. Kommt, laßt euch nieder, eßt euer Brot, besprecht eure Not. Nicht fromm sollt ihr sein, nicht brav wie Kinder. Hier geschieht, was geschieht, vor Gottes Augen.

Ich möchte eine Kirche sein, in der Blinde zu Hause sind und Rollstuhlfahrern der Weg zum Altar nicht verbaut bleibt.

Ich möchte eine Kirche sein, oben auf dem Berg, ein Künder der Ewigkeit, ein Mahner der Zeit.

Die verlorenen Jahre

Am 18. Juli 1910 wurde ich in Berlin-Schöneberg geboren. Mein Vater war selbständiger Bäckermeister. Ich besuchte die achtklassige Volksschule. Ich bin evangelisch getauft und konfirmiert. Im elterlichen Geschäft lernte ich Verkäufer und absolvierte später mehrere Lebensmittel-Fachkurse im Haus für Berufsgestaltung in Neuwied/Rhein.

Mit zwanzig Jahren begann mein politisches Interesse. Als „Rot-Front" die Straßen durchzog, trat ich 1930 dem „Jung-Stahlhelm" bei. Im Jahre 1934 wurde der Stahlhelm aufgelöst und die jungen Mitglieder in die SA übernommen. Zu diesem Zeitpunkt setzte ich mich das erstemal zur Wehr und ließ mich nicht eingliedern, sondern trat aus. Dieses hatte zur Folge, daß ich, als ich 1936 ein Lebensmittelgeschäft eröffnen wollte, keine Genehmigung dazu erhielt, mit der Begründung: politisch unzuverlässig. 1937 habe ich geheiratet. Meine Mutter eröffnete in Senzig, Kreis Königs-Wusterhausen, ein Lebensmittelgeschäft auf ihren Namen. Dort fungierte ich als Geschäftsführer. Mehrere Versuche, im Laufe der nächsten Jahre das Geschäft selbst zu übernehmen, scheiterten, immer aus gleichem Grunde. Notgedrungen stellte ich dann 1942 noch den Antrag auf Aufnahme in die NSDAP. Nun ließ man auch alle Bedenken fallen, und ich erhielt die Genehmigung, mich selbstständig zu machen. Da ich auf Grund eines schweren

Augenleidens nur bedingt wehrfähig war, wurde ich erst im Herbst 1944 Soldat und im Lazarett eingesetzt.

Noch bevor der Krieg aus war, wurde ich aus der Wehrmacht entlassen. Ich hoffte nun, daß jetzt eine bessere Zeit anbrechen würde, aber das Gegenteil trat ein! Im Zuge der Verhaftungswelle wurde auch ich nach dem Zusammenbruch abgeholt und in das KZ Sachsenhausen verschleppt. Hier war ich über drei Jahre, ohne daß meine Angehörigen wußten, wo ich war und ob ich überhaupt noch lebte. Im Juli 1948 wurde ich entlassen. Aus meinem Heimatort waren 48 Personen abgeholt worden, aber nur fünf kamen wieder. Zu diesen Überlebenden gehörte ich. Alle anderen waren nicht mehr am Leben und bis auf den heutigen Tag haben die Angehörigen keinen Bescheid über den Verbleib ihrer Männer.– Westliche Rundfunkstationen erließen Aufrufe an alle Zurückgekehrten, Nachricht zu geben über den Verbleib der Kameraden und sich zu melden bei der Kampfgruppe gegen Unmenschlichkeit in West-Berlin. Ohne Zögern bin ich diesem Aufruf gefolgt, bin trotz der damit verbundenen Gefahr mehrmals zur Kampfgruppe gefahren, habe Bericht erstattet und die Namen meiner toten Kameraden gemeldet. Auch in den nächsten Jahren habe ich die Verbindung zu meinen Leidensgenossen aufrecht erhalten in West-Berlin, obwohl sich mein Wohnsitz in der Ostzone befand.

Mein Lebensmittelgeschäft habe ich von 1948 bis zu meiner erneuten Verhaftung im Jahre 1958 weitergeführt und versucht, den privaten Einzelhandel herauszustellen und so lange wie möglich zu halten. Viele Schwierigkeiten haben sich im Laufe dieser 10 Jahre privat und geschäftlich eingestellt. Aber ich hatte aus der Nazizeit und im KZ Erfahrungen gesammelt und konnte alles abwehren, wenn man versuchte, mich politisch zu belangen. Hierbei fand ich stets Unterstützung und guten Rat beim Untersuchungsaussschuß freiheitlicher Juristen in West-Berlin.

Aus meiner Ehe hatte ich eine Tochter, welche inzwischen herangewachsen war und die Oberschule besuchen sollte. Dieses wurde mir verweigert, weil meine Tochter aus „bürgerlichem Haus" stamme und die Arbeiter- und Bauernkinder bevorzugt werden müßten. Da kam der 17. Juni!

Die Zonenmachthaber versprachen, alles zu ändern. Ich fragte schriftlich an, ob es nach den jüngsten politischen Ereignissen bei der Ablehnung bleibe und erhielt umgehend durch Boten einen Brief zugestellt, worin mir mitgeteilt wurde, daß die gegebene Ablehnung als hinfällig zu betrachten sei und der Aufnahme in die Oberschule nichts mehr im Wege stände. Bis kurz vor dem Abitur ging alles einigermaßen glatt. Da stellte man es meiner Tochter anheim, aus der „Jungen Gemeinde" auszutreten oder die Schule zu verlassen. Durch Verhandlungen mit dem Schulrat erreichte ich, daß meine Tochter bleiben durfte, sie mußte aber vor Aushändigung des Abiturzeugnisses mehrere Wochen in einer Zementfabrik arbeiten. Das Weiterstudieren wurde verweigert, weil nicht genug Plätze frei wären. Ich schickte darauf meine Tochter nach West-Berlin auf die Schule. In öffentlichen Versammlungen und in der Ost-Presse begann man mich jetzt scharf anzugreifen. Nach Rücksprache mit dem UFJ bot ich mein Geschäft als Kommissionshandel an. Der derzeitige SED-Leiter sagte mir aber frei heraus, daß das schon lange seine Absicht sei, und daß mein Geschäft zu verschwinden habe! Nun stand mein Entschluß fest, daß es für mich Zeit sei, die Zone zu verlassen. Um die Flucht mit meiner Familie vorzubereiten, nahm ich ein Angebot als Verkaufsstellenleiter in einem kleinen Fischgeschäft des Konsums an. Mein eigenes Geschäft durfte nicht weiterbestehen.

Das Inventar wurde von Konsum-Arbeitern auseinandergerissen und auf die Straße gestellt. Hier konnte ich es wegholen. Da es keine Privatgeschäfte mehr gab, die als Käufer in Frage gekommen wären, gab ich alles an Privatleute als Bretter oder Regale ab. Erlös: 150.- Mark; Wert: 3000.- Mark.

Im Fischkonsum war ich nur 10 Tage tätig. Dann wurde ich von der Stasi verhaftet. Ich hatte geplant, mit Frau und Tochter nach Marienfelde ins Flüchtlingslager zu gehen. Meine damals 80jährige Mutter wollte ich nicht mit ins Lager nehmen, sondern von Tempelhof aus im Flugzeug zu meinem Bruder nach West-Deutschland ausfliegen. Diese Flugkarte hatte ich unter Decknamen bestellt. Bei der Abholung ließ ich dann den richtigen Namen meiner Mutter buchen, damit keine Schwierigkeiten bei der Flugabfertigung auftreten sollten. Durch Verrat in Tempelhof erfuhr einige Stunden später die Stasi davon, und am darauffolgenden Tag, dem 16. 9. 1958 war frühmorgens um sieben mein Haus umstellt. Ich wurde verhaftet und mit Handschellen zu der berüchtigten Untersuchungsanstalt nach Potsdam gebracht. Hier erlebte ich vier Wochen lang die Hölle auf Erden! Anfangs allein, dann in einer Drei-Mann-Zelle. Kein Stuhl, kein Tisch, kein Bett, nur ein breiter Holzkasten, worauf drei Mann liegen konnten. Zwei dünne Matratzen gab es nachts zum Liegen. Am Tage mußten wir auf dem äußersten Rand der geschilderten Holzpritsche sitzen. Anlehnen war verboten und auch nicht möglich. Sprechen durfte keiner, wir konnten nur ganz leise flüstern.

Die Fenster waren nicht nur vergittert, sondern auch mit Blenden versehen. Des Nachts ging das Licht an und aus. Die Glühbirne war so angebracht, daß diese immer auf das Gesicht leuchtete. Die Hände mußten sichtbar auf der Decke liegen. Geschah es im Schlaf, daß die Hände mal unter die Decke kamen, wurde gegen die Eisentür gebummert. Das Essen wurde durch eine kleine Luke in der Tür geschoben. Beim Aufschließen der Tür mußten wir uns mit Händen auf dem Rücken zum Fenster umdrehen, bis das Kommando kam: „Umdrehen".

Zur Vernehmung wurden wir täglich rausgeholt und in einen anderen Flügel gebracht. Beim Raustreten und an jeder Ecke mußten wir uns mit Händen auf dem Rücken und mit Nase auf den Fußspitzen an die Wand stellen. Im Winter wurde nur kurz und sehr wenig geheizt. Die Heizung war dazu noch ganz mit Holz umkleidet. So ergab es sich, daß ich nach einigen Wochen eine Nierenkolik bekam. Als ich um wärmere Sachen bat, wir trugen nur Drillich, sagte man mir, ich solle mir von meiner Frau was schicken lassen, die Anstalt hätte nichts. Ich erhielt Papier und Feder und dazu die großzügige Erlaubnis, auch etwas Lebensmittel im gleichen Paket mit zu empfangen. Es war das einzige Mal, daß ich meiner Frau schreiben durfte. Ein großes Paket kam schnell an, enthielt aber nur die Lebensmittel, die ersehnten warmen Sachen fehlten. Als ich dieses meldete, wurde mir gesagt: „Glauben Sie vielleicht, daß ich sie rausgenommen habe? Wahrscheinlich will Ihre Frau nichts mehr von Ihnen wissen. An ihrer Stelle würde ich mich von solcher Frau scheiden lassen!"

Ich habe dieses Ansinnen energisch abgelehnt. Als ich dann Ende Januar 1959 wieder in Handschellen von Potsdam nach Brandenburg geführt wurde, erhielt ich zwei Strickjacken mit ausgehändigt; es waren die, welche man aus dem erwähnten Paket rausgenommen hatte.

Auch nach Abschluß der Untersuchungshaft auf dem Weg zum Gericht, bekam ich wieder Handschellen angelegt. Selbst im Treppenhaus nahm man mir die Fesseln nicht ab, obwohl ich auf die Unzulässigkeit hinwies, daß ich mich als Invalide am Treppengeländer festhalten müsse.

Erwähnen möchte ich noch folgendes: In Potsdam hatte ich meine Zelle im oberen Stockwerk. Meine

Tochter wurde nach dort geholt, unter meine Zelle gestellt und ihr gesagt: „Dort hinter der Tür liegt Ihr Vater". Ich hörte dann, wie mein Kind aufschrie, „Vati, mein lieber Vati –". Man wollte mich damit zermürben. Meine Tochter konnte dann gehen, sollte sich aber stets bereithalten. Sie kehrte nicht mehr nach Hause zurück, sondern stieg in West-Berlin aus. Auch meine Frau hatte man geholt. Sie saß im Untersuchungszimmer, als man mich aus der Zelle holte. Ich sah meine Frau für einen Augenblick. Man machte die Tür auf, so daß meine Frau mich in meinem lumpigen Drillichanzug sehen konnte und sagte zu ihr: „Sehen Sie sich den genau an, so sieht ein Kirchenältester aus! –".

Dann fiel die Tür wieder ins Schloß. Meine Frau hatte gerade eine Krebsoperation hinter sich und wurde krankheitshalber nicht länger in Haft behalten. Während meiner Inhaftierung in Brandenburg starb am 2. August 1960 meine Frau. Es wurde mir nicht erlaubt, an der Beerdigung teilzunehmen. Meine damals noch in der Ostzone lebenden Verwandten versuchten alles, meine Teilnahme am Begräbnis zu erwirken, aber vergebens. Erst sieben Tage nach ihrem Tode wurde meine Frau dann beigesetzt! Ich durfte ihr nicht das letzte Geleit geben, niemals werde ich das vergessen! Alle meine Aussagen kann ich unter Eid wiederholen!

Vom Bezirksgericht Potsdam wurde ich verurteilt zu drei Jahren und sieben Monaten Haft wegen Nachrichtenübermittlung, Verbindung zu verbrecherischen Organisationen in West-Berlin, Vorbereitung und Beihilfe zur Republikflucht! – Meine Richter waren Oberrichter H. und Oberrichter R.; Name der Staatsanwältin unbekannt. Als Pflichtverteidiger wurde mir beigegeben die Anwältin B. aus Zossen. Selbige bezeichnete mich mehrmals als Verbrecher. Ich entzog ihr das Wort und bat darum, mich allein verteidigen zu dürfen, zumal sie es ablehnte, sich mit mir vor dem Prozeß über meine Verteidigung zu unterhalten. Ich selbst bekam Urteil und Anklageschrift nicht ausgehändigt. Beides trug den Querstempel: Verbleibt bei den Anstaltsakten! Mein Schlußwort faßte ich zusammen in folgende Sätze: „Alles, was ich getan habe, habe ich bewußt getan. Ich habe es sogar gerne getan, und es tut mir auch nicht leid!" Meine drei Jahre und sieben Monate habe ich im Zuchthaus Brandenburg bis zum letzten Tag verbüßt. Zur Haftentlassung stellte ich den Antrag auf Umsiedlung nach West-Deutschland. Dieses wurde abgelehnt mit den Worten, „was Ihnen illegal nicht geglückt ist, versuchen Sie jetzt legal und halten uns für so dumm, daß wir Ihnen dabei noch behilflich sein sollen!" Auch der Rat des Kreises nahm mein Gesuch nicht entgegen. Ich lehnte jegliche Arbeit ab. Ein mir seit dreißig Jahren bekannter Arzt bescheinigte mir Arbeitsunfähigkeit und Anspruch auf Rente. Als ich dieses erreicht hatte, stellte ich erneut den Antrag auf Familienzusammenführung. Jetzt nahm man mir den Antrag ab und bearbeitete ihn mehrmals. Meine große Wohnung in Senzig hatte man mir genommen und alle Möbel nach dem Tode meiner Frau in Stube und

Küche zusammengestellt, wobei vieles verlorenging. Bei meiner Entlassung wurde mir gesagt: Sie gehören zu dem Personenkreis, von dem wir genau wissen, daß sie, wenn der 13. August nicht gekommen wäre, ohne in ihren Heimatort zurückzukehren, gleich den Weg nach West-Berlin genommen hätten.

Nach meiner Entlassung war ich auch weiterhin auffallend und ständig der Beschattung ausgesetzt. Anfang 1963 gelang es mir, in Ost-Berlin eine Dreizimmerwohnung zu erhalten, und zwar in der Memhardtstraße 19 am Alexanderplatz. Ich verzog nach dort, ging wenig aus, trug immer meine Blindenbinde und -brille und versuchte, mich so zu tarnen. Hier, wo mich keiner kannte, konnte ich mir dies erlauben. Bei meiner polizeilichen Anmeldung in Ost-Berlin sagte man, „Sie sind uns schon avisiert". So wußte ich, daß mich auch hier die Stasi nicht aus den Augen ließ. Am 19. 8. bekam ich von Potsdam den Bescheid, ich könne mir den beantragten Reisepaß abholen! Gleichzeitig wurde mir bei der Abholung gesagt, daß ich mich vor meiner Abreise noch einmal in Berlin bei der Abteilung Innere Angelegenheiten zu melden habe. Dieses habe ich nicht getan. Der in Potsdam ausgestellte Reisepaß berechtigte zum Grenzübertritt. Mit Hilfe meines Freundes und einer Krankenschwester packte ich schnell die Koffer, ließ alles zurück und fuhr ab. Am 20. 8. 1963 kam ich über Marienborn-Helmstedt nach West-Deutschland zu meinen Angehörigen nach Bückeburg. Als ich die Ostzone hinter mir hatte, trieb mir die Erschlaffung und die Freude, es geschafft zu haben, Tränen in die Augen. Ohne Scham heulte ich mich erst einmal aus. Mitreisende und ein Bundesbahnbeamter sprachen mir sehr wohltuend zu. Mein Wunsch ist es, in der Bundesrepublik meinen Lebensunterhalt wieder selbst zu verdienen und darüber hinaus vielen Bundesbürgern die Augen zu öffnen, wieviel es wert ist, frei leben zu können und dafür einzutreten.

Nach nahezu dreißig Jahren muß ich bekennen: „Die verlorenen Jahre" waren nicht verloren. Sie haben meinen Glauben an Christus nur noch gestärkt. Das Plädoyer damals vor dem Richter ist noch heute mein Lebensmotto.

Bruno Wetzel

Brief

Bremen, Sonntag, 23. 6. 91

Lieber Herr Pfarrer.

Sicherlich verwundert es, daß ich Ihnen einen Sonntagsbrief besonderer Art sende, dazu noch einen politischen. Die Wochenlosung auf Kassette lautet: „Einer trage des anderen Last". Dieses haben Sie oft genug getan. Heute aber muß ich, in hoffentlich erlaubter Abänderung, „einer trage des anderen Freude!" sagen. Meine überschwengliche Freude möchte ich gerne teilen. Mit Datum vom 13. des Monats bin ich voll rehabilitiert.

Vom Richter des Oberlandesgerichts und dem Richter vom Bezirksgericht sowie dem Richter des Sozialgerichtes wurde beschlossen und verkündet, daß ich nach Durchsicht der Stasi-Akten rehabilitiert bin. Meine Verurteilung erfolgte zu Unrecht, weil ich in Wahrnehmung verfassungsmäßiger politischer Grundrechte gehandelt habe. Im Strafregister sind alle Eintragungen über mein „Vergehen" zu tilgen, und für die zu Unrecht erlittene Freiheitsentziehung vom 16. September 1958 bis 16. April 1962 werden Ausgleichszahlungen zugebilligt. (Über die Höhe laufen zur Zeit Verhandlungen im Bundestag.) Es betrifft aber auch Rentenanspruch u. a. Alle diese materiellen Sachen lassen mich zur Zeit noch unbeeindruckt. Die Rehabilitation macht mich frei von einem jahrelangen Druck. Ich bin mehr als überglücklich. Mußten doch bis jetzt alle das glauben, was ich von mir gab und erzählte. Nun kann ich schwarz auf weiß beweisen, daß ich nie Böses getan habe und dafür 3 1/2 Jahre eingesperrt wurde. Nun kann ich, wenn Gott mich abruft, rehabilitiert mein Werk auf Erden beschließen. Die Wahrheit hat gesiegt! Gott hilft, wie er bisher geholfen, immer geholfen! Ihm allein sei allezeit Dank!

Lieber Herr Pfarrer, ich darf wohl annehmen, daß Sie meine innere Aufgewühltheit verstehen. Aber geteilte Freude ist doppelte Freude! Nehmen Sie daran teil! Ihnen und Ihrer lieben Frau und allen Freunden herzliche Grüße

Ihr Bruno Wetzel

Angekettet

Angekettet am Baum lebt er im Schatten. Die Ohren gespitzt lauscht er auf Hoffnung. Mit jedem Schritt kommt sie näher! Kommt sie nicht? Die Ketten klirren. Er umkreist den Baum. Zentimeter für Zentimeter verkürzt er den Weg, beschleunigt die Zeit. Blätter kommen, Blätter fallen. Einmal und immer wieder. Und er zählt die Stunden: Wird sie kommen; wird sie nicht?

Menschen kommen, bleiben stehen, halten ein Schwätzchen. Für mehr ist keine Zeit. „Wer hat dich hier abgestellt? Drüben ist Sonne." Doch die Kette reicht nicht hin, und die Sonne kommt nicht her. Oder wird sie kommen; wird sie nicht?

Aber als der Abend gekommen, holte man ihn und trug ihn fort. Niemand sah auf seinen Lippen, was dort war geschrieben: Wird sie kommen; wird sie nicht?

Mit Feinden an einem Tisch

Mann:

Kannst du noch was sehen, ich meine das Licht und so? Gerade jetzt vor Weihnachten!

Frau:

Ne! Bei mir ist alles dicht. Zappenduster. Ich komme mir vor, als hätte man mich eingesperrt in einen tiefen Keller. Kein Strahl verliert sich dorthin. – Nein. Nichts! Gar nichts!

Mann:

Mir geht's nicht anders. Und das – seit bald zwei Generationen. Ich habe oft bei mir gedacht...

Frau:

Was – gedacht?

Mann:

Warum passiert es heute nicht mehr?

Frau:

Was soll passieren? Es passiert eine Menge; bloß nicht bei uns.

Mann:

Was in der Bibel steht.

Frau:

Du meinst, daß die Blinden wieder sehen können! –
Nein, das gilt nicht für uns. Nicht so.

Mann:

Dann hätten wir was von Weihnachten. Überall
brennen Lichter. Ganze Straßenzüge machen die
Nacht zum Tag. Kannst du dir das vorstellen? Ich
nicht. Ich höre sie immer nur „ah" und „oh" rufen.
„Guck mal, ist das nicht schön?" – „Wunderschön!
Herrlich!" Mir tut es in der Seele weh, wenn ich alles
nur anderen gönnen soll. – Ist denn die Welt nicht
auch für uns gemacht?

Frau:

Aber was willst du machen? Man kann doch den
Leuten die Freude nicht verbieten! Du läufst doch
auch draußen rum und andere müssen drinbleiben.

Mann:

Du meinst die Kranken!

Frau:

Auch die im Knast sitzen.

Mann:

Sie werden wieder gesund. Und die im Gefängnis
kommen einmal raus. Aber unsereiner bleibt ewig
drin. – Gib schon zu, dir tut's doch auch leid, daß du
nicht gucken kannst!

Frau:
Kannst ruhig drüber lachen. Aber weißt du, ich halte manchmal die Hand über die Kerze.

Mann:
Hast du kalte Hände? Ich weiß was Besseres dagegen. Da wird's dir von innen warm.

Frau:
Na! –

Mann:
Keine Angst, nicht zuviel. Grade mal so, daß du warme Hände kriegst. – Ja, ja, die andern können sogar die Hände in Handschuh stecken, wenn sie lesen. Wir können uns nicht mal das leisten. Immer hoch und runter, hoch und runter mit den Fingern. Und da soll einer keine kalten Hände kriegen. Ich hab mal gezählt: 2240 Punkte auf einer Seite. Dabei sind die fehlenden nicht mal mitgezählt, die wir aber immer mitlesen müssen. – Ja, und du wärmst dir die Hände an der Kerze. Ist aber ziemlich umständlich!

Frau:
Ich wollte ganz was anderes sagen.

Mann:
Hab' dich unterbrochen, verzeih!

Frau:
Ich wollte sagen, man kann das Licht auch anders

sehen, es fühlen!

Mann:

Da muß aber jeden Tag die Sonne scheinen. Hier nicht, bei uns nicht.

Frau:

Nein, nicht so. Ich halte die Hand über die Kerze spüre ihre Wärme, rieche ihren Duft und freue mich an dem, was mir noch geblieben ist. Und das ist gewiß nicht wenig.

Mann:

IIm – recht hast du. – Aber, weh tut's doch.

Frau:

Freilich. Aber, wenn ich daran denke, was die Ohren mir den ganzen Tag erzählen von früh bis spät, dann weiß ich nicht, was ich dazu sagen soll. Nicht mal nachts schlafen sie. Man muß sich das einmal vorstellen, ein Leben lang auf den Beinen! Alles schläft, Hände, Füße, Augen. Nur die Ohren nicht. –

Mann:

Nun hör' auf mit dem Gesäusel. Es wird einem ja ganz weinerlich zumute. Was haben Augen mit den Ohren zu tun? Kannst du mit deinen Ohren auch Berge sehen? Draußen den Garten oder das Gesicht deiner Kinder?

Frau:

Die Berge und den Garten lass' ich mir von anderen erklären. Sie freuen sich, wenn man sie braucht.

Mann:

Braucht! Ja, das hast du richtig gesagt. Aber wer braucht uns?

Frau:

Ja – und das Gesicht – nun, das Gesicht meiner Kinder sehe ich mit den Händen und drücke es an mich. Wer sagt dir denn, daß Sehen nur eine Arbeit der Augen ist? Auch das Herz kann sehen.

Mann:

Und doch bleiben so viele Gesichter, die du nicht mit den Händen sehen kannst.

Frau:

Ich muß nicht alles sehen.

Mann:

Aber ich! Sind wir nicht zum Sehen geboren?

Frau:

Vielleicht. Aber sehen ist nicht alles. Es gibt Wichtigeres im Leben.

Mann:

Was ist Sehen? - Soll ich es dir sagen? Wenn man nicht mit den Händen auf der Erde fummeln muß, weil einem ein Stift heruntergefallen ist. Wenn man nicht gegen halboffene Türen und Fenster rennt. Ja, und wenn du deine Briefe selber lesen kannst; – nein, der Preis ist zu hoch für das, was uns bleibt. Leichter kommen wir von der Mutter los als von den Sehenden. Und was schlimmer ist, wir brauchen sie von der Wiege bis zur Bahre.

Frau:
Du machst dir das Leben selber schwer. Schau von dir weg auf andere. Was siehst du? –

Mann:
Nichts! Nur Elend und zum Schluß wieder Elend!

Frau:
Und was siehst du noch? Schau auf Maria! – Ihr ging es auch nicht anders.

Mann:
Maria? – Was hat die Mutter Gottes mit uns zu tun, mit dir und mit mir?

Frau:
Eine Menge, wenn du es genau wissen willst.
Denk an Bethlehem, an das kleine Würmchen in der Krippe.
Maria hatte sich ihr Wochenbett auch anders vorgestellt als es kam: zu Hause bei Muttern, wo sie alles hatte, was sie dazu brauchte. Jetzt mußte sie sich aufs Stroh legen. Und gepiekt hat's, sie und ihr

Kind.

Mann:
Vielleicht sogar ohne Licht!

Frau:
Jedenfalls ohne Adventskranz im Stall und Lichter-
ketten auf den Straßen.

Mann:
Du wolltest sagen, was Maria mit uns verbindet.

Frau:
Ja, Maria hat nicht neidvoll zu den Müttern geblickt,
die es in Bethlehem besser hatten. Sie hat ihnen
ihre Freude gelassen. Du mußt wissen, wo Schmerz
ist, Armut und Hunger, ist Habgier und Neid nicht
weit.

Mann:
Und wo etwas Freude ist, da ist noch mehr zu
haben.

Frau:
Gib acht auf dich, daß du keinem mißgönnst, was
ihm Gott geschenkt hat. Ich glaube Maria hatte das
gelernt oder sie lernte es noch. „Denen, die Gott
lieben, müssen alle Dinge zum Besten dienen." Auch
der Stall und die Krippe.

Mann:
Und –

Frau:
Ja! Sag schon - und das Kreuz, das wir tragen...

Mann:
Es fällt mir schwer, für meinen Feind zu beten.

Frau:
Du mußt dich mit ihnen an den Tisch setzen, mit ihnen essen und trinken.

Mann:
Ich weiß, er hat es getan. Er hat für die gebetet, die ihn kreuzigten. Und kreuzigt die, die ihn lieben.

Frau:
Manchmal schenkt er uns Augen, indem er sie anderen gibt.

Mann:
Seltsam! Aber warum? Warum?

Frau
Ich weiß es nicht! Vielleicht, ja vielleicht, damit das Gute vom Bruder kommt. Und vom Feind. Geliebte Feinde werden zuweilen Freunde!

Abbas Schah-Mohammedi

74

Des Menschen größte und schwerwiegendste Behinderung

Des Menschen größte und schwerwiegendste Behinderung ist nicht sein körperliches oder seelisch-geistiges Leiden, sondern die Tatsache, daß er nicht an Christus glauben kann. Behinderung im herkömmlichen Sinn ist von Gott. Niemand braucht deshalb Gott zu verteidigen oder ihm Schützenhilfe geben. Behinderung und Leid ist eine Erziehungsmaßnahme Gottes, die Sinn und Ziel hat.

Dagegen ist das Unvermögen des Menschen, an Christus zu glauben ein menschliches Werk. Sie können selber etwas dagegen tun.

Freilich, niemand kann sich selbst zum Glauben führen. Er ist ein Geschenk Gottes, wie so vieles im Leben nur empfangen werden kann.

Wer hindert uns daran, an die Tür Gottes zu klopfen und ihn um Glauben zu bitten. Seine Zusage haben wir: „Bittet, so wird euch gegeben; suchet, so werdet ihr finden; klopfet an, so wird euch aufgetan."

Behinderte, die zum Christusglauben hindurchgefunden haben, sind in Gottes Augen gesund. Denn was vor Gott zählt, ist allein das Bekenntnis zur Person Jesus Christus, als Retter und Erlöser.

Der Glaubende kann etwas, was der Ungläubige nicht kann: Er findet Gott auch dort am Werk, wo augenscheinlich alles leer und öde ist. Alle Menschen leben davon, daß Gott ihnen zu essen und zu leben gibt. Der Gläubige weiß davon und hält die

Hände auf: „Unser tägliches Brot gib uns heute."
Auch die anderen leben vom Geschenkten. Doch in ihrer Eitelkeit bringen sie es nicht übers Herz, Gott dafür zu danken.

Meine Arbeit im Rundfunk

Mein Name ist Elke Haupt. Ich bin von Geburt an völlig blind. Nach meinem Schulbesuch mit Abitur als Abschluß studierte ich von 1960 bis 64 an der Humboldt-Universität Musikerziehung und Geschichte. Nach erfolgreich bestandenem Staatsexamen forderte man mich im damaligen DDR-Rundfunk an als Tonregieassistentin. Ich war am Anfang nicht begeistert davon, weil meine Gaben von jeher auf musikalischem und sprachlichem Gebiet lagen, aber nie auf tontechnisch-praktischem Gebiet.

Ich sollte zusammen mit einer sehenden Halbtagskraft, die der Betrieb bezahlte, Konzertmitschnitte sendefertig machen. Dazu gehört, daß man z. B. Pausen zwischen zwei Sätzen einer Sinfonie kürzt. Es ist ein Unterschied, ob man eine Konzertpause direkt im Publikum miterlebt oder sie zu Hause am Radio verfolgt. Eine Pause, die im Konzertsaal zu einer gemütlichen Atmosphäre beiträgt, kann einem vor dem Lautsprecher entweder zur Weißglut oder zum Einschlafen bringen. Die Grenze zwischen beiden Möglichkeiten muß man empfinden und danach entscheiden und handeln. Außerdem mußte ich Musik zusammenschneiden. Wenn ein Musikstück länger als 40 Minuten ist, passiert es oft, daß das Band mitten in der Musik abreißt. Die Tontechniker merken das am Ende des Bandes und schneiden dann vorher schon auf einem zweiten

Aufnahmegerät mit, so daß einige Takte doppelt auf beiden Bändern zu hören sind. In der Fachsprache nennt man das „Überlappen". Wenn nun ein solcher Mitschnitt sendefertig gemacht wird, muß man wenigstens einen vollständigen Teil eines Werkes auf ein Band bringen, so daß der Schluß für den Sendebetrieb zu akzeptieren ist. Das Zusammenschneiden der Musik nennt man „Cuttern" von cut (Englisch: schneiden). Das Schneiden auf einem Ton ist zuerst gar nicht so einfach; denn wenn er in normaler Geschwindigkeit von uns gehört wird, ist er schon am Tonkopf vorbei.

Man muß also beide Bandteller mit der Hand drehen und die Maschine genau auf diesen Ton einstellen, wo man dann genau in der Mitte des Tonkopfes schneidet. Wenn man die Bandteller mit der Hand dreht, laufen sie natürlich langsamer, und die Töne klingen entsprechend verzerrt. Auf diesen Klang muß man sich erst einstellen. Ein sehr wunder Punkt war für mich, daß ich zum Zusammenkleben der Bandteile sehende Hilfe brauchte und auch dann, wenn es einmal auf den Millimeter ankam und ich mit Hilfe eines Striches in der Mitte des Tonkopfes eine Schnittstelle mehrere Male hören wollte, bevor ich den Schnitt riskierte. Unter dieser Abhängigkeit habe ich immer gelitten, zumal mir auch keine Vertretung gestellt wurde, wenn meine Hilfe einmal krank wurde und ich dann zu Hause bleiben mußte. Es gelang mir auch nicht, andere Einsatzgebiete im Funk als Ausgleich zu finden, weil es dort auch Kräfte gab, die sich meinen Bestrebungen in den Weg stellten.

Da war mir meine ehrenamtliche Tätigkeit im Evangelischen Blindendienst und in verschiedenen Kirchengemeinden immer ein guter Ausgleich. Nun bin ich zwar arbeitslos, aber das könnte sich bald wieder ändern. Am liebsten würde ich einen kirchlichen Dienst annehmen. Doch sollte ich eine andere Arbeit zugewiesen bekommen, werde ich sie aus Gottes Hand nehmen und nie vergessen, wie er mich in den vergangenen Lebensjahren durch alles hindurchgetragen hat.

Elke Haupt

Noch einmal

Wenn Gott noch einmal über unsere Erde ginge,
sähe einen Blinden sitzen am Tisch, sähe seine
Hände über das Buch gleiten, lesend erkennen,
lächeln. Ob er ihn würde sehend machen?
Wenn Gott noch einmal über unsere Erde ginge,
sähe am Weg einen Lebensbaum, ob er würde daran
Früchte finden?

Begegnung mit der Nacht

Die Nächte haben mich immer schon fasziniert, soweit ich zurückdenken kann. Meine letzte Nacht möchte ich noch erleben und mich von ihr verabschieden. Meine Freunde wissen, daß ich mit ihr einen Bund geschlossen habe. Einen Bund mit dem Inhalt: Treue beiderseits auf Lebenszeit.

Wenn die Nacht am dunkelsten ist, hat sie mir auch am meisten zu sagen. Am dunkelsten ist die Nacht, wenn sie ihren Atem anhält und mich anschweigt. Da weiß ich: nun bin ich dran. Dabei redet sie in diesen Nächten ununterbrochen, mehr als der Tag es zustandebringt. Deshalb unterscheide ich zwischen schweigend redenden Nächten und jenen, die zum Schlafen da sind.

Ich korrespondiere mit der Nacht quasi in Ohrfühlung. Ich öffne mein Fenster und sie tritt ein, selbstbewußt und majestätisch, wie es nur noch das Licht zustandebringt.

Am Schweigen und Reden erkennt man auch die Menschen. Im Reden offenbaren sie ihren wahren Charakter. Wie die Menschen, sind auch alle anderen Phänomene in der Natur und in der Geisteswelt. Man muß nur mit ihnen in Verbindung treten. Sie sprechen nur, wenn man sie anspricht. Darin liegt die Dominanz des Menschen. Ich meine nicht über die Dinge reden, sondern sie sprechen lassen. Nur dann öffnen sie ihr Herz und offenbaren uns das letzte Geheimnis, das die Welt zusammenhält.

Mein Beruf als Berufung

Ich wurde gebeten, ein wenig über meinen Beruf zu schreiben. Ich habe meinen Beruf als Betriebs-Telefonistin sehr geliebt und ich liebe ihn noch. Leider kann ich ihn jetzt nicht mehr ausüben; bedingt durch die politische Wende und die Verhältnisse, die zur Zeit herrschen.

Wie kam ich zu diesem Beruf? Im einstigen Karl-Marx-Stadt (jetzt Chemnitz) erhielt ich 1959 meine Ausbildung als fachlich geprüfte Betriebs-Telefonistin. Ich mußte diese Prüfung vor der Deutschen Post ablegen. Als ich 1956 nach Karl-Marx-Stadt kam, wußte ich noch nicht genau, welchen Beruf ich erlernen sollte. Zunächst besuchte ich eine sogenannte Vorbereitungsklasse. Eines Tages wurden wir in die Fachklasse für Telefonie zum Zuhören eingeladen. Der Lehrer dieser Klasse erzählte mit ergreifenden Worten vom Schicksal des eigentlichen Erfinders des Telefons, Philipp Reis. Seine Erfindung wurde in seiner Heimat Deutschland nicht anerkannt; er hatte sie auch nicht patentieren lassen.

Erst Graham Bells Fernsprecher sollte sich die Herzen der Menschen erobern. Das Schicksal dieses Philipp Reis ging mir damals sehr nahe und so entschloß ich mich, diesen Beruf zu erlernen. Ich spürte, daß es hier eine Berufung für mich war. Fast 31 Jahre durfte ich meine Tätigkeit ausüben und danke dafür Gott dem Herrn! Meine Arbeit machte mir Freude und Spaß, denn ich war unter Menschen. Zu erwähnen ist vielleicht noch, daß ich meine erste Arbeitsstelle fast 29 Jahre behalten durfte, nur die Betriebe haben im Lauf der Jahre gewechselt und mich übernommen.

Ich konnte und durfte zu Gottes Lob und Ehre meinen Dienst tun. Der gekreuzigte Herr war auch am Arbeitsplatz bei mir. Sein Kreuz hing an der Wand meiner Zentrale. So konnte und sollte ich ein lebendiges Glaubenszeugnis für Gott ablegen. Ich habe mich stets bemüht, seine frohe Botschaft zu den Menschen zu bringen, die zu mir kamen.

Gern würde ich wieder in meinem Beruf arbeiten, wenn es eine Telefonanlage gäbe, die ich ohne Schwierigkeit als Nichtsehende bedienen kann.

Ich danke dem Evangelischen Blindendienst, daß ich über meine Arbeit schreiben darf.

Brigitte Rösler

Der Bruder des barmherzigen Samariters

Nach einem Zeitungsbericht hat ein israelischer Offizier einem Beduinen die Hilfe verweigert, weil es sich um einen Araber handelte. Der 24jährige Beduine lag mit schweren Verbrennungen im Gesicht und an den Händen neben seinem brennenden Auto, als der Soldat mit seinem Jeep vorbeikam. Er bestellte per Funk sofort einen Krankenwagen, den er jedoch gleich wieder abbestellte, als er bemerkt hatte, daß der Verletzte ein Araber war.

Der Beduine lag mehr als eine Stunde auf der Straße, als der Sanitäter Ericha zufällig des Weges kam. Anders als der Offizier ließ er sich nicht davon abhalten, erste Hilfe zu leisten. Ericha, der ein religiöser Jude war, entschuldigte sich später im Namen all derer, die dem Verletzten Hilfe versagt hatten. Der Bruder des barmherzigen Samariters lebt auch 2000 Jahre nachdem Jesus das Gleichnis erzählt hat.

Zuerst war es wie ein Schock

Ich bin schon oft gefragt worden, wie ich es verkraftet habe, als ich die Nachricht von der Verwundung und Erblindung meines Mannes erhielt.

Zuerst war es wie ein Schock. Ich konnte keinen klaren Gedanken fassen. Als ich es begriffen hatte, rebellierte alles in mir: das kann nicht sein, das darf nicht sein. So etwas kann Gott nicht zulassen! Und dann wartete ich verzweifelt auf weitere Nachrichten, und in der Zwischenzeit hoffte ich, daß alles gar nicht so schlimm ist. Es kann doch sein, daß die Kunst der Ärzte wieder manches zurechtbringt. So wurde ich hin- und hergerissen, bis der endgültige Bescheid nicht umgestoßen werden konnte.

Dann war auch gleich der Wunsch da, zu ihm zu eilen und zu helfen, zu trösten. Aber das ist leider selten möglich. Ich hatte das Glück, zweimal in entscheidenden Tagen bei meinem Mann zu sein. Das hat ihm und auch mir viel geholfen, und so wuchs ich in meine Aufgabe als Frau eines Kriegsblinden allmählich hinein.

Entscheidend waren dann natürlich die ersten Wochen daheim. Mein Mann mußte selbst mit der neuen Situation in der gewohnten Umgebung zurechtkommen, und das ist nicht leicht, wenn man dauernd an Grenzen stößt. Ebenso schwierig war es für mich und die beiden Kinder. Selbstverständlich fanden wir uns schneller in die neue Lage und versuchten nun, meinem Mann zu helfen, wo wir konnten.

Aber ich merkte sehr bald, daß das nicht so einfach war. So ganz kann man sich nicht in die Lage des anderen versetzen, auch wenn man noch so guten Willens ist. Dazu kamen die allgemeinen Umstände des Zusammenbruchs, die unsere Gemüter bedrückten. Was sollte werden?

Die Hilflosigkeit und Untätigkeit haben meinen Mann am meisten bedrückt. Als wir das beide erkannt hatten, suchten wir Abhilfe. Wir fanden immer mehr Beschäftigungen auch im Haushalt, die mein Mann noch sehr gut verrichten konnte. Dafür sparte ich Zeit ein, in der ich mich ihm ganz widmen konnte. Das Vorlesen stand ganz oben an; später brachte ich meinem Mann auch das Zehnfingersystem auf der Schreibmaschine bei. Die Anfänge der Punktschrift hatte er bereits im Lazarett erlernt. Darin vervollkommnete er sich fortan immer mehr. So war bald die Idee geboren, den erlernten Beruf für Blinde einzusetzen, also Blindenlehrer zu werden.

Als das gelungen war, waren zwar die äußerlichen Verhältnisse wieder in Ordnung gekommen, aber innerlich gab es noch immer Wunden. Was früher ein aufblitzendes Auge oder ein liebevoller Blick geglättet hätte, das konnte längere Verstimmungen ergeben, und es konnte sein, daß man im Gespräch aneinander vorbeiredete. Mal fand ich mich unverstanden, mal mein Mann. Früher oder später fanden wir immer wieder zueinander. Wir liebten uns ja, und das trug uns und trägt uns noch heute. Jetzt sind wir beide alt und brauchen uns gegenseitig sehr nötig und freuen uns über jeden Tag, den wir gemeinsam meistern.

Johanna Zimmermann

Gebet

Erika P., 55 Jahre alt, erzählt: Kurz vor Weihnachten erlebte ich die größte Katastrophe meines Lebens. Über Nacht verlor ich das Augenlicht auf beiden Augen total. Nun überlege ich mir, ob ich aus dem Leben gehen oder bleiben soll.–
Herr, wir rufen zu dir, erbarme dich.

Im Kindesalter erblindet, studiert Franz K. in Bonn Theologie. Er berichtet: Mit 25 Jahren machte ich mein erstes Praktikum im Krankenhaus. In 4 Wochen fragten mich 8 Patienten: „Sie wollen uns trösten? Sie brauchen ja selbst Trost, junger Mann."–
Herr, wir rufen zu dir, erbarme dich.

Ein schwarzer Agrarstudent in Stuttgart schrieb einmal nach Hause: „In Deutschland leben die Menschen ein halbes christliches und ein halbes nichtchristliches Leben. Aber bei uns daheim leben wir ein ganzes heidnisches Leben. Was ist besser?"–
Herr, wir rufen zu dir, erbarme dich!

Wir überlegen uns, was wir zu Weihnachten essen wollen, Ente oder Gans.
Untertagearbeiter in Rußland fragen sich, ob sie wohl werden zum Heiligen Abend Knochen kaufen können, um sich eine Brühe kochen zu können.–
Herr, wir rufen zu dir, erbarme dich.

Unsere Welt wird immer jünger. In der 3. Welt sind fast 40 Prozent der Weltbevölkerung jünger als 15 Jahre. Das sind rund 1,5 Milliarden Kinder und Jugendliche. Sie wurden in eine Welt hineingeboren, die durch große Ungleichheit und Ungerechtigkeit geprägt ist.–
Herr, wir rufen zu dir, erbarme dich.

Vielerorts herrscht Krieg. Menschen sind auf der Flucht. Natur- und Umweltkatastrophen tun ein übriges, nehmen den Menschen ihr Haus, ihre wenige Habe und vor allem das tägliche Brot. Von all dem sind Kinder als letztes, schwächstes Glied in der Kette am meisten betroffen. Zirka 40 000 Kinder sterben täglich an Unterernährung und Krankheiten. Über 30 Millionen Kinder leben buchstäblich auf der Straße.–
Herr, wir rufen zu dir, erbarme dich.

Jesus Christus, unser Herr und Gott! Du kennst die Not der Blinden. Einigen hast du das Augenlicht wiedergegeben. Wir aber, die wir scheinbar leer ausgehen, wollen auf dich warten bis du kommst in Herrlichkeit. Du warst auch ein Kind und kennst die kindlichen Träume und Sehnsüchte. Du kennst das Gefühl der Heimatlosigkeit und kennst Schmerz, Hunger und Durst. Wir bitten dich, erbarme dich unser. – Amen.

In Schwierigkeiten durchhalten

Ich war 37 Jahre alt, als ich meinen kriegsblinden Mann heiratete (als seine zweite Frau), nachdem seine erste Frau von drei kleinen Kindern weggestorben war.

In den ersten Jahren, in denen man wohl in jeder Ehe zu tun hat, sich aufeinander einzustellen – wobei es auch mancherlei Probleme und Schrammen gibt – half es mir, daß ich vor meinem Jawort sehr deutlich gemerkt hatte, daß es Gottes Führung war, die mich aus meinem Wirkungskreis in einem Stadtpfarramt heraus – und in diese Familie und in eine Dorfgemeinschaft hineinrief. Diese Gewißheit war der eine tragende Pfeiler für die neue Lebensaufgabe.

Eine andere große Hilfe zum Durchhalten in Schwierigkeiten war es, daß ich Gaben und Kräfte hatte und bekam, die gerade an diesem Platz nötig waren, daß ich also wirklich gebraucht wurde. Ich konnte meinen Mann im Pfarramt vertreten, wenn er zum Dienst in den Blindenkreisen Ost-Berlins unterwegs war; mit ihm zusammen eine vakante Nachbarpfarrstelle versorgen; sein Auge sein im Konfirmandenunterricht, bei Bauaufgaben und im Kirchenkassenwesen. Bei allem machte ich je länger, je mehr die Erfahrung, wie sehr auch ich angewiesen war auf die Hilfe meines Mannes.

Er hatte das Organisationstalent, die Gabe, Leute zu aktivieren, das Gedächtnis für Termine und Geldfragen, die bessere Zeiteinteilung und vor allem die Geduld und den langen Atem, wenn bei mir oder anderen etwas nicht voranging. Natürlich gab es auch Engpässe an Zeit und Kraft, Sorgen um Familienmitglieder, die Frage, wie soll es noch weitergehen?

Aber gerade durch solche Zeiten lernten wir es miteinander, unsere Grenzen und Schwachpunkte zu akzeptieren – auch gegenseitig – und mit unseren leeren Händen ins Gebet vor Gott zu gehen. Er hat uns in mancher aussichtslosen Lage Trost und Rat gegeben und neue Kraft.

Was ich von meinem Mann noch lernen möchte, ist: für die vielen täglichen „kleinen Freuden" zu danken. Mit Ausdauer zählt er sie oft am Abend auf, z. B. auch wenn er nach seinen gewagten „Alleingängen" zu den Blindenkreisen in Berlin behütet wiederkam.

Dankbar und gesund dürfen wir jetzt im Ruhestand hier in Berlin sein, im Evangelischen Blindendienst mithelfen und manche guten Zeiten der Gemeinschaft erleben.

Angelika Gelke

Zum Schmunzeln

Ein Blinder steht vor dem Richter. Richter: „Sie sind wegen unterlassener Hilfeleistung angeklagt. Was sagen Sie dazu?" Angeklagter: „Ich kann kein Blut sehen!"

Zwei Frauen begegnen sich. Die eine sagt: „Mein Mann ist immer gut gelaunt. Er sieht alles durch die rosarote Brille!" Die andere: „Ach, ich dachte immer, Ihr Mann wäre blind!"

Was ist paradox? Wenn ein Blinder offenen Auges durchs Leben geht.

Was kann ein Blinder nicht werden, auch wenn er noch so tüchtig ist? Ein Hellseher.

Der eine Blinde fragt den anderen: „Wie fandest du die gestrige Fernsehsendung?" „Farblos!"

Gesammelt von Ursula Speck

Elke Haupt erzählt: „Als ich von der Blindenschule in die Ferien nach Hause kam, fragte mich unsere Nachbarin: „Na, Elkchen, hast du noch nicht sehen gelernt?"

Ein blinder Junggeselle geht zum Bäcker und fragt: „Kann ich auch geschnittenes Brot haben?" Sagt die Verkäuferin: „Ja, können Sie haben, Schwarzbrot oder Weißbrot?" Darauf der Kunde: „Det is mir janz ejal, ick kann sowieso nich kieken."

Bruno Wetzel

Als Kind bin ich mal mit meiner Mutter nach Thüringen gefahren. In der Bahn fragte mich eine Dame: „Sag mal, wie alt bist du denn, Kleine?" „Ich bin drei Jahre, aber wenn ich draußen bin, bin ich wieder fünf."

Hildegard Witzgall

Sehende Hände

„Jede Arbeit ist in ihrem Entstehen ein ständiges Korrigieren. Meine Hände müssen mir natürlich immer wieder sagen, ob die Darstellung meiner inneren Vorstellung entspricht." – Dario Malkowski ist Bildhauer und Keramiker, und er ist blind. Seine Hände sind ihm nicht nur wichtigste Instrumente für die Gestaltung, sondern sie sind ihm auch unentbehrlich für die Wahrnehmung. Sie zeichnen sich durch eine überdurchschnittliche Sensibilität aus, die unerläßlich ist für das zuverlässige Erfassen der materiellen Welt und für die künstlerische Umsetzung seiner Gestaltungsabsichten.

Dario Malkowski wurde am 14. Juni 1926 in Schönebeck/Elbe geboren. Ursprünglich wollte er Maler werden, denn neben mathematischer Begabung und handwerklichem Geschick zeigte er bereits in jugendlichen Jahren Interesse für künstlerisches Tun, besonders auf dem Gebiet der Malerei. Das Leben, das er als kostbarstes Gut liebt, wurde für ihn „ein einzig Schauen". Die bitteren Erfahrungen des Zweiten Weltkrieges prägten seinen Vorsatz: „Das Entscheidende meines späteren Wirkens soll die Ehrfurcht vor dem Leben sein!"

Diese Maxime Albert Schweitzers wollte er mit seinen Mitteln, denen der Malerei, verwirklichen. Als dem Achtzehnjährigen in der Nähe von Aachen eine Granate das Augenlicht für immer nahm, brach für ihn eine Welt zusammen, jedoch nicht seine

Träume. Wie hätte er auch sonst dieser außerordentlichen Herausforderung des Schicksals begegnen können.

Der Neuanfang war jedoch unsagbar schwer und erforderte ungewöhnliche Kraft und ständige Selbstüberwindung. Die vielseitigen Talente schienen brachzuliegen. Aber der Drang, sich künstlerisch auszudrücken und sich anderen Menschen mitzuteilen, war geblieben. Sollte sich die Kunst als tragfähig erweisen, in ihr den Sinn des Lebens zu finden? Mit dem Mut des Verzweifelten begann er mit Holzschnitzereien. Was nicht mehr optisch wahrzunehmen und zu überprüfen war, mußte aus dem Gedächtnis durch Eindrücke ersetzt werden, die früher durch das Auge empfangen worden waren, und die Hände mußten „sehen" lernen.

Erfolge stellten sich ein, und schon 1947 bestand er die Gewerbeprüfung als Holzschnitzer. Ein Stipendium ermöglichte ihm, trotz vieler Widerwärtigkeiten und Widerstände, denen er mitunter auch heute noch begegnet, in Magdeburg und Leipzig an den Fachhochschulen für angewandte Kunst zu studieren. Dort fand er schließlich neben der Kunsttöpferei endlich zur Bildhauerei, bei der er bis heute, besonders auf dem Gebiet der keramischen Plastik, immer neue Ausdrucksmöglichkeiten erschließt.

Nach dem Staatsexamen 1953 beschäftigten ihn als Künstler verständlicherweise zunächst Probleme seines eigenen ganz persönlichen Schicksals. Die lebensgroße Bronzefigur „Der lesende Blinde" in der

Deutschen Zentralbücherei für Blinde, Leipzig, die Plastik „Blinder Bürstenmacher" im Erholungsheim Wernigerode und die Büste von Louis Braille, dem Erfinder der Blindenschrift, im Braille-Museum Paris seien hier stellvertretend genannt, ebenso die Gedenkplastik „Sehende Hände durch Louis Braille", die er zu dessen 100. Geburtstag schuf.

Dario Malkowski hat sich stets in unterschiedlichen Materialien ausgedrückt, vorwiegend in Ton, aber auch in Kunststein, Bronze, Holz und Kupfer. Seine Themenkreise und Ausdrucksmöglichkeiten hat er stets erweitert. Tierdarstellungen stehen neben der menschlichen Figur, religiöse Themen neben Werken allegorischen oder symbolischen Inhalts, die Brunnenplastik neben dem Altarkreuz. Ihn reizt stets das Thema und nicht das naturalistische Abbild, obwohl ihm das Naturstudium meist als Ausgangspunkt für die künstlerische Gestaltung zur Formung aus geistigem Erleben dient.

Wichtigster Betrachter ist seine Frau Regina, die ihm auch hilft, seine Farbvorstellungen in Keramik umzusetzen. Schärfster Kritiker seiner Arbeiten ist er jedoch selbst, er legt höchste Maßstäbe an, um die Vollkommenheit des beabsichtigten Ausdrucks zu erreichen.

All das Gesagte wird jedoch nur einem Teil seines Wirkens gerecht. Wer über Dario Malkowski spricht, kommt nicht umhin, seine Lehrtätigkeit zu erwähnen. Er leitet in Arbeitsgemeinschaften Kinder und Jugendliche beim plastischen Gestalten an und in einem Volkskunstzirkel Keramik auch Erwachsene.

Aber auch Kindergärtnerinnen und Arbeitsthera-
peuten erwarben bei ihm Grundkenntnisse und
fähigkeiten im künstlerischen Umgang mit Ton.
Seine Freunde und Bekannten akzeptieren und
schätzen ihn als Partner und Meister. Wenn man ihn
bei seiner Arbeit mit Menschen unterschiedlichen
Alters und verschiedener Berufsgruppen beobach-
tet, vergißt man schnell, daß hier ein Blinder die
Sehenden das Sehen lehrt.

Hans-Hermann Laube

Der blinde Maulwurf

Der blinde Maulwurf war eigentlich zufrieden, denn er wußte nichts anderes. Eines Tages aber überkam ihn der Sinn nach etwas Höherem, und er machte sich auf, die Welt zu entdecken.

Zuerst ging alles gut. Er orientierte sich am vertrauten Geruch der Erde und freute sich an den wärmenden Strahlen der Sonne. Plötzlich packte ihn jemand unsanft am Pelz, und eine eifrige Eichhörnchenstimme schrie ihm ins Ohr: „Kommen Sie, ich führe sie zu Ihrer Höhle!"

„Ich will gar nicht zu meiner Höhle", sagte der Maulwurf ärgerlich und riß sich los. Ein paar Grashalme weiter hörte er zwei flüsternde Schmetterlingsstimmen: „Sehen Sie mal den Ärmsten", wisperte die erste und: „Oh, oh, oh, wenn ich so wäre, würde ich mich einem Vogel vor den Schnabel legen", die zweite.

„Papperlapapp, dummes Gerede", brummte der Maulwurf noch ärgerlicher und trottete davon. Als nächstes hörte er eine aufgeblasene Froschstimme: „Mein Lieber, Sie sind ja schlecht rehabilitiert, sehr schlecht. Es gibt doch heute Therapien für blinde Tiere, damit sie sich in der Gesellschaft besser zurechtfinden. Soll ich Sie hin . . .?"

„Jetzt langt es mir aber", schrie der Maulwurf böse und stieß in seinem Ärger mit der Nase an einen Stein. „Sehen Sie, ich hab's ja gesagt", quakte hinter ihm der Frosch zufrieden, während dem Maulwurf von vorne jemand über den Kopf streichelte.

Eine salbungsvolle Mäusestimme flötete: „Lieber Freund, was tun Sie für Ihre Seele?" Da biß der Maulwurf die fromme Maus in den Schwanz, machte kehrt und verschwand in seiner Höhle.

Seither steht der Maulwurf im Ruf, ein mürrischer, undankbarer und ungläubiger Geselle zu sein.

Aus: Jahrbuch für Blindenfreunde 1993

ABC der Behinderten

A Akzeptieren der Behinderung
B Bauen an einem sinnvollen Leben
C Charakter stärken
D Dumme Sprüche der Nichtbehinderten ertragen
E Ehrlich sein gegen sich selbst
F Froh sein über alles Schöne
G Geduld haben
H Humor pflegen
I Invalidität nicht als Schande empfinden
J Jede Möglichkeit zum Lernen ausnützen
K Kämpfen gegen schwarze Stimmungen
L Lieben, lernen, lachen, leben
M Mutig immer wieder neu beginnen
N Nicht jammern, nie aufgeben
O Optimismus großschreiben
P Pflichten übernehmen und erfüllen
Q Qualität und Quantität der Leistung stets steigern
R Rat annehmen
S Siegen über die täglichen Widerwärtigkeiten
T Tapfersein ist selbstverständlich
Ü Üben, üben, üben
V Vertrauen haben zu sich selber
W Wissen, wo die Grenzen sind
Z Ziel: Als gleichwertiger Mensch mit den Nichtbehinderten zusammen ein frohes, reiches Leben leben.

Gertrud Saxer, schwerbehindert

Brot reicht nicht zum Leben

Viele leben auf Kosten anderer, deshalb bleibt nicht genug Leben für alle. Gottes Schöpfung ist auf Mitteilung angelegt. Die Jünger bringen das Brot und teilen es unter den Menschen. Gott aber gibt den Überfluß, damit es reicht und alle satt werden. Brotvermehrung könnte viel Leid aus der Welt schaffen. Aber Brot allein ist zuwenig zum Leben. Darum ließ sich Gott am Kreuz teilen, damit alle alles zum Leben haben.

Lebenskrise

„Was haben Sie davon, wenn Sie eine Kirche besichtigen?" fragte mich einmal ein Bekannter. Ich war verlegen, weil ich mit dieser Frage nicht gerechnet hatte. Ich stotterte ein wenig und sagte dann etwas wie: „Warum soll ich nichts davon haben. In einer Kirche gibt es viel anzufassen und zu hören: Taufbecken, Altar und Kanzel, geschnitzte Türen und das Gestühl, Kreuz und vor allem die Figuren an Wänden und auf Podesten. Der Klang der Orgel usw."

Gewiß, vieles muß ich mir beschreiben lassen. Aber was habe ich davon, wenn ich das alles weiß? Mein Bekannter fragte nicht weiter. Doch ich stelle mir die Frage heute selbst. Früher habe ich bei ähnlich gelagerten Fragen gleich einen böswilligen Angriff auf meine Blindheit vermutet und mich im Nu in eine Gegenangriffshaltung begeben.

Blindheit war damals etwas Schlimmes, ja das Übel unter den Behinderungen schlechthin. Um davon frei zu kommen, mußte die Blindheit sich erst zu einer Lebenskrise entwickeln. Sie war es nicht gleich. Zu einer bedrohlichen Lebenskrise entwickelte sie sich, als ich damit begann, in einer Scheinwelt zu leben. Ich glaubte allen Ernstes, durch Tast- und Gehörsinn all das ausgleichen zu können, was mir die Blindheit genommen hatte. Im Kreise von Sehenden gab ich mich, als hätte ich noch meine Augen. Dank meiner intakten Orientierung lief ich sicheren Schrittes durch die Straßen der Stadt, wo ich damals studierte. Ich nahm in Kauf, unter Umständen in eine Baugrube zu fallen oder gegen unerwartete Hindernisse zu rennen, wenn ich nur nicht blind und hilflos erschien. In einem Hörsaal stürzte ich einmal mehrere Stufen hinunter, als ich versuchte, zum Professor nach vorne zu gelangen. Zuvor hatte ich einen hilfsbereiten Kommilitonen abgewiesen. Bei einer anderen Gelegenheit schüttete ich versehentlich mein Mittagessen über meinen einzigen Anzug, als ich versuchte, den Teller von der Ausgabestelle der Mensa mitzunehmen. In einem Geschäft stieß ich an ein Regal und mußte für zerbrochene Gläser haften.

Ich wollte nicht wahrhaben, daß ich ohne Hilfe im Leben nicht auskomme. Ich trug keine Schutzzeichen für meine Behinderung. Schließlich wollte ich auf keinen Fall Aufsehen erregen.

Wer oder was war an allem schuld? Ich wußte im Geheimen, daß meine Behinderung die Ursache an den Mißerfolgen war. Aber in Wirklichkeit war ich es selbst und mein schizophrenes Verhalten.

In Wirklichkeit lebte ich weder in der Welt der Blinden, noch konnte ich zu den Sehenden zählen. Ich merkte nur allmählich, daß ich mich vor Blinden und Sehenden lächerlich machte.

Als ich meine Freundin kennenlernte, verstärkte sich noch mehr mein Doppelleben. Ich redete mir ein, – aufgrund eines Vortrages über „außergewöhnliche Fähigkeiten blinder Menschen" – daß ich alles vermochte, nur malen und zeichnen nicht.

Durch Hervortun meiner Talente hoffte ich, bei meiner Freundin auf Zuneigung und Liebe zu stossen. „Normal" wollte ich erscheinen und „normal" bedeutete, sein wie sehende Menschen.

Später habe ich begriffen, daß dies meine eigentliche Lebenskrise war. Von da herausgekommen zu sein, verdanke ich einem Erlebnis, das bei Unbeteiligten ohne große Bedeutung ist. Für mich war es aber der Anfang einer Befreiung.

Bei einer Konferenz mit Berufskollegen kam ein Mann auf mich zu und reichte mir die Hand mit den Worten: „Sie sind also der blinde Bruder in unserem Kreis!"

Ja, das war ich. Nein, das war ich nicht – und war es doch. Die Worte gingen wie ein elektrischer Stromstoß durch meinen Körper. Ich fühlte mich erkannt, gedemütigt und am Boden zerstört.

Was konnte damals mehr trösten, als die Anerkennung meiner Ebenbürtigkeit mit den anderen? Aber die Worte der Begrüßung sprachen Bände. Nein, ich war ihnen nicht gleichgestellt.

Die Wunde, die mir damals, wie ich glaubte, zugefügt wurde, hat noch lange geblutet. Aber sie war heilsam. Offenbarte sie doch letztlich meine ganze innere Misere. Bis dahin hatte ich in der Illusion gelebt, ein halbwegs normales Leben zu führen. Nun wußte ich aber für alle Zeiten, daß die Blindheit mit nichts auszugleichen, geschweige denn zu verbergen war.

Meine ganze Lebensphilosophie gründete auf dieser

Illusion und stürzte in dem Augenblick wie ein Kartenhaus in sich zusammen, als mir die Augen darüber aufgingen.

Heute gehört die Blindheit zu mir, wie meine Hände und Füße zu mir gehören. Ich schäme mich meiner Blindheit nicht mehr. Solange ich meine Behinderung nur als Mangel und Fehler ansah, war ich mir selbst unleidlich und zu anderen ungeduldiger als heute. Seit ich aber bewußt zur Welt der Behinderten gehöre und sie als eine Erscheinung unserer Welt bejahe, bin ich ruhiger und gelassener geworden. Meine Gedanken sind positiver, und ich bin innerlich mehr gefestigt. Ich weiß heute mehr davon, was ich kann und was ich nicht kann. Trotzdem ist mein Selbstwertgefühl gestiegen.

Nur in dieser Haltung von Übereinstimmung von Seele und Leib können auch wir Behinderten für andere etwas sein und bedeuten. Was hier von Blindheit gesagt wird, gilt für alle Behinderungsarten. Wir alle müssen uns selbst annehmen, damit wir fähig werden, anderen etwas zu geben. Nur selbst Getröstete können wieder trösten.

Diese Erkenntnis kommt aus der Tiefe einer Lebenskrise. Bei Behinderten und Schwerkranken muß es irgendwann dazu kommen. Gewiß, sie kann zur Verzweiflung und damit an den Rand einer Katastrophe führen. Sie kann aber auch retten. Sie kann zur Gleichgültigkeit und Apathie gegenüber allem Liebenswerten führen und einem die Lust am Leben nehmen. Doch sie kann auch den Grund für ein neues Leben legen. Ein Leben im Einklang mit

Gott und sich selbst. Es hat einmal einer gesagt: Krisen können mich fast erledigen; sie können mich aber auch fast auferstehen lassen.

Dem Psalmisten war diese Erfahrung nicht unbekannt, als er schrieb: „Du bereitest vor mir einen Tisch im Angesicht meiner Feinde." Eine Lebenskrise erscheint zuerst immer als eine Realität gegen mich selbst, bevor es dann eine Wahrheit für mich wird.

Ein altes chinesisches Sprichwort sagt: Einen Engel erkennt man immer erst, wenn er bereits gegangen ist.

Viele Blinde füttern ihr Unglück zudem auch, indem sie neidisch auf Menschen schauen, die es angeblich besser haben. Neid macht in Wirklichkeit ärmer als die Behinderung es vermag.

Abbas Schah-Mohammedi

Lebendige Steine

Eine Legende aus alter Zeit berichtet, daß in Sachsenhain bei Verden an der Aller, Kaiser Karl der Große vor mehr als 1000 Jahren 4500 Sachsen hinrichten ließ, weil sie sich nicht zum christlichen Glauben bekehren lassen wollten. Zur Erinnerung an diese Sachsen wurden hier 4500 Findlingsblöcke aus dem ganzen Land zusammengetragen. Sie umgeben nun das ganze Gelände. Sie säumen alle Wege ein, die zum Haupthaus führen. 4500 tote Steine zur Erinnerung an 4500 tote Sachsen.

Im Jahre 1950 wurde der Sachsenhain als evangelischer Jugendhof eingeweiht. Ich war dabei. Damals hatte ich noch nicht Boden unter den Füßen, denn der Krieg hatte mir die Behinderungen eingebracht, die mir das Leben so schwer machten. Damals konnte ich noch etwas sehen. Heute bin ich blind und taub. Ich kam mir vor, wie einer dieser vielen toten Steine, die für das Leben keinen rechten Wert mehr hatten, also unnütz waren. Dabei lag das Leben noch vor mir, und ich suchte meinen Weg.
Auf dem Balken über dem Toreingang zum Haupthaus des Sachsenhains war ein Wort angebracht, mit dem ich zunächst nicht viel anfangen konnte. Ich las es mühsam: „Ihr seid lebendige Steine. Laßt euch gebrauchen zum Bau der Gemeinde, in der mein Geist lebendig ist und wirkt."
Als unser Bischof im Gottesdienst dieses Tages vor

einer großen Gemeinde junger Menschen über diese Bibelstelle predigte, kam es mir vor, als spräche er nur zu mir: „Du bist ein lebendiger Stein. . . " Langsam begann ich zu begreifen, daß von mir die Rede war, wenn von „lebendigen Steinen" gesprochen wurde. Beim Hören der Predigt wurden mir die Folgen der Tatsache bewußt, und das hat mein Leben verändert. Trotz meiner Blindheit und Taubheit war ich kein toter Stein. Ich mußte nicht unnütz und überflüssig bleiben.

Wenn die Bibel von „lebendigen Steinen" spricht, dann meint sie Menschen, mit denen Gott seine Gemeinde in der Welt bauen will. Auch hier ist kein Stein – kein Mensch – zu groß oder zu klein oder zu unansehnlich, und ein Fehler, eine Behinderung oder Schwäche sind noch lange kein Grund, daß ein solcher Stein – ein Mensch – unbrauchbar ist für den Bau der Gemeinde.

Viel habe ich von diesem Wort "lebendige Steine" gelernt, und wenn ich es recht bedenke, dann weiß ich von diesem Lernprozeß her, woher es kommt, daß ich trotz meiner mehrfachen Behinderung zufrieden sein kann. Ich bin dankbar, daß ich für Gott kein unbrauchbarer Stein geblieben bin, für den ich mich viel zu lange gehalten hatte.

Eberhard Gösling

Predigt

Liebe Gemeinde! Die Dame, die mich soeben zur Kanzel geführt hat, ist meine Frau. Seit über 20 Jahren teilt sie mit mir ihre Augen. 2 Augen für zwei Menschen, das reicht. Christus hat das Brot auch geteilt, als er die Menschen satt machen wollte. Und siehe, alle wurden satt. Die gleiche Erfahrung machen auch wir mit dem Augenlicht.

Von Blinden möchte ich Ihnen heute erzählen. Doch zuvor hören wir einen Bibeltext aus dem Brief des Apostels Paulus an die Römer: „Denn das Reich Gottes ist nicht Essen und Trinken, sondern Gerechtigkeit und Friede und Freude in dem heiligen Geist. Wer darin Christus dient, der ist Gott gefällig und den Menschen wert."

(Röm. 14, 17 - 18)

Im Reiche Gottes auf Erden gibt es auch behinderte und blinde Menschen. Blinde zeichnen sich dadurch aus, daß ihnen ein beträchtlicher Teil von dem abgeht, was die Welt uns gibt. All das nämlich, was die Augen nur erfassen, z. B. eine Winterlandschaft in den Bergen, das freundliche Gesicht der eigenen Mutter oder die strahlenden Augen der Kinder. Wie schön ist es, wenn man morgens aufwacht und die Sonne lacht einem entgegen, die Sonne, die Gott allen Menschen gibt, auch den Blinden. Aber wir fühlen nur ihre Wärme.

Seit meinem 7. Lebensjahr gehöre auch ich zur

„Klasse" der Blinden. Klasse sag ich, weil wir Blinden uns nicht immer von unserer Umgebung und der Gesellschaft akzeptiert fühlen. Viele Vor- und Pauschalurteile erschweren das Zusammenleben Blinder und Sehender.

Ich übe meinen Beruf als Pfarrer vorwiegend unter Blinden aus. Schätzungsweise 10 000 Blinde und hochgradig Sehbehinderte leben in ganz Berlin. Sie leben alle blindengemäß. Wenn sie z. B. kochen, müssen sie die Ohren spitzen, um den Kochvorgang verfolgen zu können. Oder sie riechen an ihrer Kleidung, ob beispielsweise das Hemd oder die Bluse noch sauber ist, das sie anziehen möchten.

Daß unsere Stimme Träger von Gefühlen und Stimmungen ist, dafür sind Blinde besonders empfänglich. Ein stückweit können Fähigkeiten dieser Art das Leben untereinander und mit Sehenden erleichtern, aber das Auge vermögen sie nicht zu ersetzen. Das ist von meiner Warte aus gesehen auch nicht nötig. Wir müssen nicht alles haben.

Blinde lesen mit den Fingern. Sie, liebe Gemeinde, sind imstande, mit Ihren Augen mehrere Worte gleichzeitig zu überblicken. Wir hingegen lesen, in dem wir Buchstabe an Buchstabe fügen, bis sich uns ein Sinn erschließt. 1992 haben wir das Jahr mit der Bibel begangen. Der Evangelische Blindendienst hat in mehreren Gemeinden die Blindenbibel vorgestellt. 8,5 Millionen Punkte hat unsere Bibel. In unsere Hände hat Gott sein Wort gelegt. Das ist unser Glück. Was wollen wir mehr. Weil die Bibel so wichtig ist, scheuen wir die Mühe nicht, Blindenschrift zu erlernen. Gottes Wort durchdringt nicht nur die Netzhaut und das Trommelfell, sondern auch die Haut unserer Finger. Die Blätter in der Blindenbibel sehen aus, als wären sie mit Vogelfutter bestreut.

Futter ist für mich auch die Speise, die uns in der Bibel angeboten wird. „Kein Mensch lebt vom Brot allein", hat Jesus in einer Stunde seines Lebens gesagt, als er selber vom Hunger geplagt wurde. Hunger nach Brot, Hunger nach Augenlicht, Hunger nach Gerechtigkeit, Hunger nach Frieden und Freude. Davon möchte ich noch mehr erzählen. Einem Hungernden nehme ich es glatt ab, wenn er sagt, es gibt noch etwas Besseres als Brot. Und wenn ein 50jähriger mir erzählt: „Gott habe ich erst durch meine Blindheit gefunden", dann kann ich nur staunen über diese Einsicht, die nicht in uns entsteht. Die guten Dinge im Leben schaffen wir uns nicht selbst. Sie werden uns geschenkt. Nur in leere Hände kann man etwas hineinlegen. Martin Luther hat einmal gesagt: Gott hat die Welt aus dem Nichts geschaffen. Deshalb müssen wir Nichts werden, damit Gott aus uns etwas machen kann.
Viele Blinde fühlen sich zu nichts nütze. Wo finden wir Orientierung für unser Leben? Antwort: allein bei Christus!
Sie erinnern sich, liebe Gemeinde, wie Blinde und andere Behinderte zu Christus kamen oder gebracht wurden, damit er sie heilte. Was ist aus ihnen geworden, aus den Fanfaren des Reiches Gottes? Was ist aus den Toten geworden, die Christus ins

Leben rief? Antwort: Sie sind alle wieder gestorben. Und doch ist von ihnen etwas geblieben: Ihr Zeugnis nämlich, daß wer zu Christus kommt, verwandelt wird, ohne die eigene Identität zu verlieren. Krankheit und Behinderung kann ein Ort sein, an dem Gott uns seine Gnade und Herrlichkeit zeigt. Behinderung als Schlüssel zu Türen, die zu Gott führen. Manche Leute muß man aber zu ihm tragen. Alleine kommen sie nicht. Manche sind zu schwach dazu. Andere sind zu stolz, sich ihre Hilflosigkeit einzugestehen. Und manche kommen in der Nacht, damit sie nicht gesehen werden.

Als Johannes der Täufer in seiner dunkelsten Nacht Jesus nach einem Zeichen fragte, ob Gott noch unter den Menschen ist, weil er ihn doch in der Gefängniszelle nicht spürte, da zeigt Jesus auf die Behinderten. An ihnen soll man erkennen können, ob der Himmel der Erde näher gekommen ist.

Wie soll ich das verstehen? Antwort: Wo etwas Freude ist, da ist noch mehr zu haben. Wo etwas Frieden und Gerechtigkeit ist, da ist auch noch mehr zu haben. Das Wasser in der Tasse weist auf das Wasser im Meer hin. Freude, Friede und Gerechtigkeit ist ein Stück Himmel auf Erden. Nach der Fülle und Ganzheit sehnt sich der Glaube. Wenn wir doch diese Spur weiterverfolgen würden!

Liebe Gemeinde! Haben Sie schon einmal ausdrücklich Gott für Ihre Augen gedankt? Ich habe schon oft Gott für meine Finger gedankt. Zwei hätten mir wahrscheinlich auch gereicht. Aber er hat mir gleich

10 davon gegeben. Ja, so ist unser Gott: großzügig im Großen. Manchmal zähle ich meine Finger. Ja, einfach nur so, und darüber komme ich mit Gott ins Gespräch. In einer Zeit, in der wir immer mehr haben wollen und andere immer weniger haben können, ist es gut sich darüber klar zu werden, daß das Glück nicht durch die Augen und nicht durch die Finger geht, sondern durch das Herz. Und ein Herz hat jeder Mensch. Ich habe schon Menschen getroffen, die auch mit leeren Händen froh und zufrieden waren.

Blinde fragen mich immer wieder: Wenn es doch Gott gibt, warum läßt er mich im Dunkeln? Sie erwarten von mir eine gültige Antwort. Aber meine Antwort ist hundertfach immer gleich: Geh zu Christus, ich helfe dir dabei, er macht dich auch ohne Augen glücklich. Aber meine Freunde wollen beides: Sie wollen Augenlicht und wollen Christus. Doch ich kann ihnen nur so viel geben, wie ich selber habe.

Manchmal lege ich an dieser Stelle auch ein persönliches Bekenntnis ab. Ich glaube, daß Gott mir die Augen genommen hat, um mir etwas anderes dafür zu geben, etwas Besseres, Christus. Von Hause aus bin ich Moslem gewesen. Ich sollte einmal in unserem Dorf, im Iran, die Stelle meines Vaters übernehmen und ein Molla sein. Aber Gott hat mich einen anderen Weg geführt. Er ließ mich blind werden. Und so kam ich in eine Blindenschule, die von Christen geführt wurde. Dort haben Christen mir Christus lieb gemacht. Ohne den Verlust meines

Augenlichtes wäre ich wohl Christus nicht begegnet. Und so bin ich Christ geworden. Christus allein macht unser Leben wertvoll. Seine Anwesenheit in unserem Lebenshaus verändert auch unseren Umgang untereinander und macht uns mitverantwortlich für Frieden und Gerechtigkeit in unserer Welt.

Meine Freunde fragen mich noch etwas. Sie finden das Glück in unserer Welt sehr ungleich verteilt. In diesem Punkt müßte ich mich eigentlich geschlagen geben. Aber wenn ich daran denke, was der Glaube an Christus mir persönlich gebracht hat: Freude an ihm, Frieden mit Gott, Sinn für Recht und Unrecht in einer Welt, wo Millionen Menschen nicht genügend zu essen haben, Hunderttausende sich auf der Flucht befinden, selbst in unserem Lande Ausländer von Christen angegriffen und mißhandelt werden, dann wird mir das eigene Leid unwichtig.

Das ist es, was ich meiner Blindengemeinde sagen möchte: Nehmt euch nicht so wichtig. Christus ist wichtiger. Wir müssen nur auf unser Augenlicht verzichten. Aber Christus opferte sein Leben für uns; mehr gegen weniger, was für ein Tausch!

Das wollte ich meinen Freunden sagen, und ich sage es auch Ihnen, liebe Gemeinde: Gott, weil er groß ist, gibt am liebsten große Gaben. Ach, daß wir Armen so kleine Herzen haben. – Amen.

Abbas Schah-Mohammedi

Blindheit, ein Abenteuer

Wir begegnen uns auf der Straße, du sitzt mir im Bus gegenüber. Du beobachtest mich, wenn ich einkaufe, zuckst zusammen, wenn ich – in der Hand den weißen Langstock – auf ein Hindernis oder eine Gefahrenstelle zulaufe...
Du willst mehr von mir wissen?

Die Art meiner Erblindung bringt es mit sich, daß ich seit früher Jugend daran gewöhnt bin, aus Teilansichten meiner Umwelt mir ihr Gesamtbild zu erschließen. Im Verlauf dieser Erblindung verengt sich nämlich das Gesichtsfeld von den Seiten her derart, daß man von einem Menschen, der vor einem steht, gerade noch die Nase oder den Mund oder ein Auge, nicht aber mehr sein ganzes Gesicht erfaßt. Dieser winzige zentrale Sehrest kann oft lange erhalten bleiben, und man entwickelt eine enorme Geschicklichkeit, sich damit zu orientieren. Ich erkläre mir daher meine ausgeprägte Fähigkeit, das Ganze an einem seiner Teile zu erkennen, denn immer sah ich nur Bruchstücke meiner Umwelt und wußte doch, wie alles zueinander paßte und aufgebaut war.

Ich weiß noch genau, wann mir das bewußt wurde: Steffi, meine Mobilitätstrainerin, stellt mir einen modernen Barhocker und einen Blumenständer in den Weg. Ich soll diese Möbelstücke ohne Hilfe der

Hände beschreiben, sobald ich sie mit dem Langstock berühre. Das gelingt mir auf Anhieb – nur der Zweck der Objekte bleibt mir beim ersten Kontakt noch verborgen – aber mir wird nun bewußt, daß ich einen Gegenstand nicht unbedingt ganz abtasten muß, um zu wissen, welche Form und Größe er hat und wie ich ihn in mein Umfeld einzuordnen habe.

Der Wunsch nach Berührung, um darin Sicherheit und Orientierung zu finden, prägt meinen Bewegungsablauf. Natürlich kommt es manchmal auch zu Leichtfertigkeiten und falschen Sicherheitsgefühlen mit unangenehmen Folgen und Situationen, die ich allerdings im nachhinein gerne als „Erfahrung sammeln" positiv verbuche.

So bin ich einmal – in der sicheren Annahme, daß ich einen hellen Gehweg richtig identifiziert habe, kopfüber in eine Kellerzufahrt gestürzt. Was ich identifizierte, war der Lichtstrahl eines Scheinwerfers. Ich schlug damals aufs Gesicht und war ziemlich lädiert. Mir war das so unangenehm, daß ich die notwendige schnelle ärztliche Hilfe nicht suchte. Noch heute zeichnen sich deshalb zwei „teuflische" Narben auf meiner Stirn ab.

Nacht und Dunkelheit bedeuteten stets für mich auch als Kind schon den völligen Verlust visueller Orientierung. Das tat aber meiner Freude, mich abends und nachts im Wald oder Park herumzutreiben, kaum Abbruch. Mit meinen Freunden phantasierte ich mir Abenteuer zusammen, wir bauten uns Höhlen und je dunkler desto geheimnisvoller und aufregender.

Eines wurmte mich allerdings immer wieder: Es war nie so dunkel, daß die anderen nicht doch noch etwas sehen konnten, denn ihre Augen „gewöhnten sich", wie man so schön sagt, an die Dunkelheit – meine taten mir diesen Gefallen nicht.

Wie sehr habe ich mir gewünscht, daß es auch für die anderen mal so richtig stockfinster würde. Ich spürte nämlich für diesen Fall meine Überlegenheit; denn gab es einmal eine solche Situation, wie zum Beispiel in einem völlig verdunkelten Raum bei Filmvorführungen, bewegte ich mich ziemlich ungezwungen und orientierte mich mit leichten Berührungen der Gegenstände und Personen. Und fiel die Berührung mal etwas heftiger aus, ergab sich die Entschuldigung aus der Dunkelheit.

Viele Menschen, die mir begegnen, wollen meine Erblindung nicht wahrhaben oder sie vermuten in mir „höhere" Eigenschaften – beides führt gleichermaßen zu Fehleinschätzungen und Fehlhandlungen, zu Verwirrung und Mißverständnissen. Aber soll ich mich nun so geben, wie andere sich einen Blinden vorstellen? Oder muß ich nicht vielmehr so sein, wie ich sein kann?

118

Einer meiner Gesprächspartner erklärte mir einmal, daß er sich das Leben nehmen würde, wenn er erblindete. Was soll ich damit anfangen? Will er damit andeuten, wie sehr er mich bewundert? Oder soll ich mir auch das Leben nehmen, um ihn in seinen Leidensvorstellungen zu bestätigen? Oder noch schlimmer: Soll mir das Lebensrecht bestritten werden, weil „man" doch sonst so leiden muß als Blinder?

Die Zeit, in der ich – mit einem Sehrest ausgestattet – etwa mühelos lesen konnte, aber 95 % meiner Umwelt tatsächlich nicht mehr sah, ist mit so viel Peinlichkeiten ausgefüllt gewesen, daß ich die völlige Erblindung wie eine Befreiung empfand – Befreiung mindestens aus diesen Peinlichkeiten. Ich fühlte mich doch nicht als Blinder und überspielte oder verdeckte meine wirkliche Lage.

Wie sollte ich denn jemandem auch erklären, daß ich zwar las, aber die zum Gruß freundlich hinge-streckte Hand nicht ergriff, weil ich sie nicht sah? Wie sollte mir da nicht doch eine Absicht unterstellt werden? Harmlos war es dann schon, wenn ich nur für schusselig oder verträumt gehalten wurde.

Der Verlust des letzten Sehrestes ließ mir dann keine Wahl: Ich mußte andere Formen der Lebens-gestaltung finden und verbliebene Fähigkeiten besser nutzen.

Und das ist denn auch mein großes Erlebnis mit mir selbst: Mir fehlt zwar nun die Fähigkeit des Sehens, aber geblieben sind die Fähigkeiten des Empfindens von Wärme und Wind, des Schmeckens und Riechens, des Trauerns und Freuens, des Hörens und Zuhörens, des Mitfühlens, des Lernens, des Erkennens durch Berühren, des Erzählens und Erklärens.

Durch das Fehlen der einen werden mir die anderen Fähigkeiten viel bewußter, und so erlebe ich denn auch die notwendige Unterstützung von anderen als wertvolle Abhängigkeit der Menschen voneinander. Indem ich nehmen muß, weil mir eine wichtige Fähigkeit fehlt und indem ich zugleich gebe, weil ich einige wichtige Fähigkeiten habe und entwickle, die andere entweder für sich nutzen können oder die andere entlasten – nicht zuletzt auch von ihrer Vorstellung, mir helfen zu müssen.

Solidarisches Leben gewinnt für mich einen besonderen Inhalt; ich lebe es bewußt und vermisse es schmerzlich, wo es nicht vorhanden ist. Ich nehme es an, aber ich gebe es auch, es wird angenommen im Zusammensein beim Arbeiten und im Alltag mit anderen.

Wenn ich von meiner Arbeit nach Hause fahre mit der U-Bahn und dem Bus, treffe ich manchmal Bianca. Sie hat mich eines Tages im Bus angesprochen – einfach so. Kannst du gar nichts mehr sehen? Wie machst du das?

Ich zeige ihr meine Technik mit dem weißen Stock, sage ihr wo ich Hilfe brauche, wo ich Rücksicht erwarte - und seit dem haben wir nie wieder über

Blindheit gesprochen, sondern von den Dingen des Alltags und der aktuellen Lebensgestaltung. Gerade erzählt sie mir, daß sie inzwischen die Ausbildung abgeschlossen und eine feste Stelle gefunden hat – beide freuen wir uns: Sie teilt mir ihren Erfolg mit und weiß, daß mich das auch wirklich interessiert.

In meinem Beruf als Dokumentationsangestellter bin ich seit vielen Jahren – von den Kolleginnen und Kollegen gewählt – zugleich in der Personalvertretung tätig. Oft erlebe ich das Erstaunen bei der ersten Beratung: ein Blinder? Wie will der mir denn helfen? Geht es um arbeitsklimatische Differenzen, ist zunächst einmal das Zuhören angesagt, das Eindenken in das Problem – dazu brauche ich meine Augen nicht.

Geht es um Fragen des Arbeits- und Tarifrechts, na, da ist schon mal Nachschlagen in den Gesetzessammlungen dran, nur schlage ich eben nicht selbst nach, sondern die Ratsuchenden. Und wir besprechen dann gemeinsam die Textstelle – eine sinnvolle Form, Fragende zugleich auf eigene Wege zu einer Antwort zu führen und sie zu informieren.

Will man von mir wissen, ob ich denn ein Rezept habe für die Lösung meiner Probleme, so antworte ich mit „nein". Ich suche auch keins, lieber überlege ich mir immer wieder neu, wie ich etwas angehen und mich auf neue Situationen einstellen kann. So werfen mich unvorhergesehene Ereignisse auch nicht gleich um. Im Gegenteil: Ich bin neugierig auf das, was noch kommt und will nicht jetzt schon auf alle Eventualitäten eine Antwort wissen.

Nun habe ich dir von mir erzählt – und das nächste Mal, wenn du mir auf der Straße begegnest, wenn du im Bus mir gegenübersitzt: Frag mich doch einfach mal, wenn du noch etwas von mir erfahren willst!
Erzählst du dann auch von dir?

Jürgen Bünte

Verlegenheiten

Der Kapitän eines Vergnügungsdampfers kabelt an die Reederei: „Habe blinden Passagier an Bord." Antwort: „Trösten! Was ist schon auf hoher See zu sehen?"

Ursula Speck

In Leipzig bin ich viel mit der Straßenbahn zur Arbeit gefahren. Da werden einem mitunter die dümmsten Fragen gestellt. Da ist mir z. B. passiert, da fragte mich jemand: „Finden Sie da auch 'n Mund?" „Ja." „Wissen Sie denn da auch, was Sie essen?" Und da hab ich gesagt: „Das ist doch klar, daß ich Schnitzel von Pfannkuchen unterscheiden kann."

Werner Bettzieche

Ein Blinder geht zum Augenarzt. „Woher kommt es, daß ich immer ein Stechen im Auge habe, wenn ich Grog trinke?" „Ganz einfach, Sie müssen den Löffel aus dem Glas nehmen."

Bruno Wetzel

Wir waren auf Borkum zur Freizeit, so wie hier Männlein und Weiblein gemischt. Wir gingen dann ins Hallenbad. Am Eingang teilte die Freizeitleiterin ein, wer mit wem durchgeht, weil doch der Begleiter vom Blinden immer frei hat. Am Schluß blieb eine blinde Dame übrig. Die Freizeitleiterin fragte mich: „Herr Wetzel, können Sie die Dame mit durchschleusen?" Ich sagte „gerne". Und wie ich dahin kam, ergab sich die folgende Schwierigkeit: Die Schleuse war für Männlein und Weiblein getrennt. Ich sagte mir, du kannst doch nicht als Mann bei den Frauen durchgehen. Ich wandte mich an die Bademeisterin: „Die Dame hier ist blind. Können Sie sie nicht durchschleusen? Auf der anderen Seite will ich sie gerne wieder in Empfang nehmen." „Ist sie denn gänzlich blind?" „Ja, sie kann nicht hell und kann nicht dunkel, kann nicht Mond und nicht Sonne sehen."

Darauf die Bademeisterin: „Na, wenn sie überhaupt nicht sieht, dann können Sie sie bei den Männern durchnehmen."

Bruno Wetzel

Eine Führhundausbilderin erzählt: „Ich habe 27 Jahre in der Blindenführhundschule in Karlshorst gearbeitet. Ich mußte immer eine Latte auf den Weg stellen, damit der Hund lernte, seinen Herrn drum herum zu führen. Einmal kam ein Passant vorbei und nahm die Latte weg. „Na, sagen Sie mal, können Sie denn nicht sehen, daß da ein Blinder geht? Sie können dem das doch nicht in den Weg stellen!"

Irene Kowalczek

124

Herzlichen Glückwunsch

Herzlichen Glückwunsch zum Geburtstag dem alten Herrn. Verzeih', lieber Freund, daß ich dich „alten Herrn" nenne. Der Ausdruck „Jubilar" gebührt eher deinem Stand. Aber ich bin es so gewohnt. Du bist gewiß der weisere von uns beiden. Schon immer habe ich zu dir hochgeschaut, obwohl du um drei Köpfe kleiner bist als ich. Das soll deiner Würde keinen Abbruch tun.

Du feiertest gerade deinen 43. Geburtstag, als der Herr Zufall uns zusammenführte. Ich bin ihm im nachhinein sehr dankbar. Du kamst mir damals recht sonderbar vor, ich dir vielleicht auch. Du warst schlank, zierlich und vielleicht gerade deshalb so beweglich; ich neben dir hingegen dick, klobig und umständlich. Trotzdem war es eine Liebe auf den ersten Blick. Freilich wirst du bei diesen Zeilen schmunzeln. Natürlich konnte ich dich nicht sehen, aber du sahst mich; wenn auch nur mit einem Holzauge.

Ich muß dir hoch anrechnen, daß du mir damals gestattet hast, dich vom Kopf bis zum Fuß abzutasten. Ich weiß heute noch so gut wie damals, daß mir die Glätte deiner Haut imponierte. So alt und doch so jung, dachte ich bei mir. Du darfst nicht vergessen, ich war nur halb so alt wie du. Und wie du mir geholfen hast, im Leben zurechtzukommen, das vergesse ich dir nie.

Ich hoffe, du begehst deinen Geburtstag, den 60., in

würdiger Gesellschaft. An Gästen wird es dir nicht mangeln; ich weiß es. Auf dein und deiner Freunde Wohl werde auch ich mein Glas erheben.

Stimmt es, daß man deiner sogar in der WHO gedenkt? Wundern würde es mich nicht. Denn du hast wenigstens 50 Mill. Freunde weltweit auf deiner Seite. Doch Stolz war nie deine Stärke. Du gehörst eher zu denen, die sich leicht unterkriegen lassen; gehörst zu den Eckenstehern. Ich habe dich darin immer schon bewundert. Aber warum widerstehst du nicht, wenn man dich in eine Ecke stellt? Kaum zu glauben, aber es stimmt leider: Hier und da habe ich dich sogar an einer Garderobe aufgehängt gesehen.

Du bist wie immer bescheiden und machst aus solchem Unfug eine menschliche Tugend. Du sagst: „Da wird man wenigstens von allen gesehen", und „man steht den Leuten nicht im Weg." Bei näherem Zusehen magst du sogar recht haben. So dicht an der Garderobe des Freundes und der Freundin ist allemal noch besser als in der Flurecke. Lieber Freund, du hörst nicht gern, wenn man dich allzulaut lobt; aber ich tue es auch nur leise, schriftlich gewissermaßen.

Einige deiner Eigenschaften möchte ich gerne besitzen, z. B. die Geduld und Ausdauer, wenn es darum geht, die abgesenkten Bordsteine von der Fahrbahn zu unterscheiden oder den U-Bahneingang zu finden.

Immer bist du mir einige Schritte im Gehen voraus und fängst die mögliche Gefahr ab, bevor sie mich ereilt. Ein rechter Vater handelt nicht anders mit seinem Kind. Ich bin verletzlicher als du. Diesen sprachlosen Dienst nenne ich wahre Freundschaft, die nie vergeht. Eher brichst du dir das Kreuz, als mich der Gefahr auszusetzen.

Es war nicht immer so zwischen uns beiden. Zuweilen hatte ich ein zwiespältiges Verhältnis zu dir. Wenn wir alleine waren, du und ich, mochte ich dich ganz gerne. Warst mir immer folgsam, obwohl du der Stärkere und Robustere von uns beiden bist. Aber mit anderen zusammen, da hast du mich immer bloßgestellt. In deiner Begleitung kam ich mir klein und gedemütigt vor und nicht wie ein selbstsicherer Mensch, der seines Lebens froh ist.
Die Leute bedauerten und bemitleideten mich, wenn du dabei warst. „Warum denn das?", fragst du vielleicht. Ganz einfach: weil ich überhaupt deiner Hilfe bedurfte.

Ich gestehe dir ganz freimütig, gelegentlich habe ich dich sogar gehaßt und deine Gesellschaft gemieden, zumindest aber sie eingeschränkt. Aber das wäre mir beinahe zum Verhängnis geworden.

Weißt du noch, damals in Köln 1963? Da wäre ich allen Ernstes glatt auf die Bahngleise gestürzt, hättest du mich nicht von der Seite zurückgehalten. Um eine Haaresbreite, und du wärest alleine dagestanden oder vor Schreck dagelegen. Auch das werde ich dir nie vergessen. Seither hat sich unsere Freundschaft immer mehr vertieft. Ich schäme mich, mich deiner geschämt zu haben.

Nein, die Wahrheit ist anders. Wenn du bei mir bist, helfen mir die Menschen mehr und gerne. Ich denke manchmal, sie helfen mir um deinetwillen.

In deiner Begleitung laufe ich auf unbekannten Wegen sicherer und mein Selbstwertgefühl nimmt an Stärke zu. Vor deinem weißen Kleid empfinden alle Achtung und Respekt. Autofahrer halten an, wenn sie dich erblicken und lassen uns die Straße passieren. Schon von ferne sprechen mich Passanten an und wollen mir helfen. Und wie ich mir da vorkomme, fragst du. Richtig wie ein Pascha! Doch alle meine Ehre ist deine.

Einen Augenblick lang denke ich, es könnte dich pikieren, was ich jetzt sage, doch deinen Großmut hast du schon anderenorts unter Beweis gestellt. Darum spreche ich es aus: Wenn es um Dienst am Menschen geht, entwickelst du wahrhaft eine Phantasie, ja, ich möchte sagen, eine Schläue, die ohne Beispiel ist. Auf breiten Straßen und freien Plätzen, Bahnhöfen und Fabrikgeländen bietest du alle deine Kräfte auf, um deine Freunde zu schützen. Du schlägst buchstäblich Krach, daß alle Umherstehenden herbeieilen müssen. Das nenne ich wahren Edelmut.

Ich habe mich oft gefragt, wie machst du bloß die unterschiedlichen Bodenarten deinen Begleitern deutlich. Du wanderst über den Asphalt, über Sand und Pflastersteine, trittst im Gehen das Gras nieder, hüpfst über den Kieselweg und tauchst den Fuß in eine Pfütze. Wie geht das zu, daß deine Empfindungen sich auf andere übertragen? Du bist einfach ein Genie! Oder ist deine Mutter Guilly de Herbemont die Größere von euch beiden? Französisch sprichst du auch, nicht wahr? Du bist einfach international.

Mein Loblied auf das Geburtstagskind kommt von Herzen. Leg' es nicht weg. Lies es am 15. Oktober deinen Gästen vor. Möge unsere Freundschaft lange dauern. Du bist und bleibst mein geliebtes Holzauge.

Abbas Schah-Mohammedi

Der Blinde und die Milch

Einer, der von Geburt an blind war,
fragte einen Sehenden:
„Von welcher Farbe ist die Milch?"

Der Sehende sagte:
„Milch hat die gleiche Farbe
wie ein leeres Schreibpapier."

Der Blinde fragte:
„Ach so ist das Weiße,
daß es unter den Händen knistert
wie Papier?"

Der Sehende sagte: „Nein,
Milch ist weiß, wie Mehl weiß ist."

Der Blinde fragte: „Ach so,
das Weiß staubt wie Mehl?"

Der Sehende sagte: „Nein,
es ist weiß, wie ein Schneehase
weiß ist."

Der Blinde fragte:
„Also flaumig und ebenso weich
wie ein Hasenfell ist das Weiße?"

Der Sehende sagte: „Nein, nein,

nur einfach weiß ist das Weiße –
wie Schnee."

Der Blinde fragte: „Aha, also kalt
wie Schnee?"

Und so viele Beispiele der Sehende
auch vorbrachte,
der Blinde konnte nicht fassen,
was das Weiße der Milch ist.

Aus: Jahrbuch für Blindenfreunde, 1993

Mein erstes Erlebnis
mit Christen

Der 23. Dezember 1963 war für mich ein sehr wichtiger Tag.

Ich fühlte mich einsam und unsicher. 20 Jahre hatte ich mit meinen Eltern in Argentinien gelebt und kam dann nach Berlin, um mich für meinen Beruf als Stenotypistin ausbilden zu lassen. Ich lebte im Internat der Blindenbildungsanstalt in Steglitz. Dort wurde mir angeboten, Weihnachten im Schullandheim Wannsee mit einigen Mitgliedern des Evangelischen Blindendienstes zu verbringen. Da ich damals sehr unselbständig war – seit meiner Kindheit hatte ich immer Gouvernanten – konnte ich mir nicht vorstellen, daß ich mich in dieser fremden Umgebung wohlfühlen sollte. Wider Erwarten änderte sich meine Stimmung, als ich im Heim angekommen war. All mein Zweifeln und Zagen war verschwunden. Meine Bedenken lösten sich sofort, als mir der Mantel abgenommen wurde. Ich war willkommen bei diesen mir völlig fremden Menschen. Ich verstand, daß ich zu ihnen gehörte.
Ab diesem 23. Dezember 1963 lernte ich schrittweise das Christentum kennen und schätzte es immer mehr. Ich war im jüdischen Glauben erzogen und hatte bisher keinen Kontakt mit Christen. Es ist ein wunderbares Gefühl, sich gerade zu Weih-

nachten in einer solch heimischen Umgebung zu befinden.

Diese meine erste Freizeit im Evangelischen Blindendienst, die am 2. Januar 1964 zu Ende ging, wird mir mein Leben lang in Erinnerung bleiben. Im Laufe der vielen Jahre habe ich viele wertvolle Menschen kennenlernen dürfen, die mir in jeder Hinsicht geholfen haben, und ich bin ihnen über alles dankbar und fühle mich geführt.

Diese gravierende Umstellung meines Lebens, die sich bei mir gerade zu Weihnachten ereignete, war der Anfang einer ständigen und freudigen Verbindung mit unserem Herrn, und sie soll noch lange erhalten bleiben.

Galine de Varga

Die Autorin dieses Beitrages erfuhr erst im 14. Lebensjahr, daß sie blind war, obgleich sie blind geboren ist.

Anmerkung der Redaktion

Ganz unauffällig

Sommer 1961, Wyborg: Erste Station nach der finnischen Grenze auf sowjetischem Boden. Ich bin Student der Slawistik und das erste Mal in einem russischsprachigen Land und voller Erwartung und Neugier. Die kyrillischen Buchstaben nicht nur in Büchern, sondern auf Verkehrsschildern, an Läden – und die Leute sprechen diese Sprache im Alltag; ich höre nicht nur den Lektor im Seminar, der mir die russischen Verbaspekte einbleut.

Mit Reisepapieren ausgestattet, die nur begrenzt anerkannt sind und Rubeln in der Tasche, für die ich keine Tauschbelege der Staatsbank vorweisen kann, habe ich allerdings großes Interesse daran, nicht aufzufallen.

Ich trete aus dem Bahnhof. Spiegelblank liegt vor mir eine große asphaltierte Fläche. Kein Auto, kein Mensch. In einiger Entfernung Stadtverkehr, Menschen, spielende Kinder, die mich neugierig machen. Kurz nur soll mein Aufenthalt hier sein, und ich will mir doch wenigstens etwas die Stadt ansehen und mit ein paar Leuten sprechen.

Schnell mal über den Platz, denk' ich und bin schon mit einem Fuß auf dem blanken Asphalt – da stehe ich bis zur Wade im Wasser! Kein Asphalt – eine riesengroße tiefe Pfütze! Blitzartig durchzuckt es mich: Nur nicht zurück, tu' so als sei nichts. Ich also weiter, mit langen Beinen wie ein Storch. Hinter mir die verwunderten Rufe der Bahnhofsbesucher. Lachen, Erstaunen über den Fremden, den Menschen aus dem Westen, zieht der hier eine Schau ab?

Nicht auffallen wollte ich – die Chance ist verpaßt: Im Nu hängt eine Traube Kinder an meiner Seite, die – in der Annahme, daß ich Finne sei – mich nach purrukummi (=Kaugummi) angehen, sie lassen sich nicht von nassen Hosen stören, sie interessiert nur das kleine Glück Kaugummi – und ich behalte die Erinnerung an eine Situationskomik, in die man sicher nicht nur als Sehbehinderter geraten kann.

Jürgen Bünte

Der Blinde an der Mauer

Ohne Hoffnung, ohne Trauer
hält er seinen Kopf gesenkt.
Müde hockt er auf der Mauer.
Müde sitzt er da und denkt.

Wunder werden nicht geschehen.
Alles bleibt so, wie es war.
„Wer nichts sieht, wird nicht gesehen.
Wer nichts sieht, ist unsichtbar."

Schritte kommen, Schritte gehen.
Was das wohl für Menschen sind?
Warum bleibt denn niemand stehen?
Ich bin blind, und ihr seid blind.

Euer Herz schickt keine Grüße
aus der Seele ins Gesicht.
Hörte ich nicht eure Füße,
dächte ich, es gibt euch nicht.

Tretet näher! Laßt euch nieder,
bis ihr ahnt, was Blindheit ist.
Senkt den Kopf, und senkt die Lider,
bis ihr, was euch fremd war, wißt.

Und nun geht! Ihr habt ja Eile!
Tut, als wäre nichts gescheh'n.
Aber merkt euch diese Zeile:
„Wer nichts sieht, wird nicht geseh'n."

Aus "Jahrbuch für Blindenfreunde" 1993

Hoffnung

Wenn eines Tages die Sonne, die Straßenlaterne und das Nummernschild vor der Haustür auch für mich scheinen, dann werde ich nachts aufstehen, um den Sternenhimmel zu betrachten. O Gott, das wird eine Nacht sein! Dann gib keine Tränen in die Augen, sie stören nur!

Wenn ich eines Tages den Briefträger nicht mehr bitten muß, lesen Sie mir diesen Brief vor, oder den Bankbeamten, bitte den Kontoauszug: O Gott, das wird ein Tag sein.

Wenn am Abend eines mißglückten Tages Gott mir zuflüstert: Ich mute dir viel zu, aber ich vertraue dir auch: O Gott, das wird ein Trost sein.

Wenn eines Tages das Licht ausgeht, das wir entzündet haben, um Gott zu suchen: Ach, das wird ein heilsamer Schock sein. Denn Gott sagt: Ich habe mich nicht eurer Weisheit offenbart, wer mich im Dunkeln sucht, findet mich im Licht.

Wenn eines Tages Gott uns heimsucht, vom Lachen zum Weinen, vom Glück zum Unglück, von Friede zum Streit, von Freude zum Abschied: Ach, daraus wächst eine Hoffnung wie Gras zwischen Steinen. Es blüht und verstreut seinen Samen in Tod zum Leben.

Gott hat sich in seiner Schöpfung versteckt. Wenn Christus ihn uns eines Tages zeigt: O Gott, das wird eine Entdeckung sein.

Wie früher meine Murmeln

Erste Stimme:
„Hört ihr Reichen! Weinet und jammert über das Elend, das auf euch zukommt. Euer Reichtum verfault. Eure Kleider werden von den Motten zerfressen und euer Geld setzt Rost an. Dieser Rost wird euch anklagen und euer Fleisch wie Feuer verzehren."

Zweite Stimme:
Weißt du vielleicht, von wem die Rede ist? „Euer Geld setzt Rost an", bei mir nicht. Wie soll es auch. Ich bin froh, wenn ich gerade so über die Runden komme. Die müssen ja scheffelweise Geld haben, die Brüder! „Reichtum! Und verfaulen!" Nee, bei mir nicht. Meine Oma hat noch das Brot von der Straße aufgehoben und den Schimmel abgekratzt. Hm! „Kleider! Und Motten!" Ja, das kommt daher, weil man zuviel davon hat.
Ick versteh' die Welt nicht mehr. Du vielleicht? Bist ja janz sprachlos, wie?

Dritte Stimme:
Ich überlege mir die ganze Zeit, wo das steht?

Zweite Stimme:
Was steht? Was soll wo stehen?

Dritte Stimme:

„Er stößt die Gewaltigen vom Thron und erhebt die Niedrigen. Die Hungrigen füllet er mit Gütern und läßt die Reichen leer."

Zweite Stimme:

In der Weihnachtsgeschichte natürlich, wo sonst? Hätt' ick dir gleich sagen können. Siehst du da einen Zusammenhang?

Dritte Stimme:

Klar seh ich das! Was in diesen Tagen alles drüben passiert, kommt auf keine Kuhhaut! Ist doch ein regelrechter Tritt von hinten, oder? Da kullern die Köppe, wie früher meine Murmeln.

Zweite Stimme:

Nachtijall, ick hör' dir trapsen! Glaubst du, daß Gott hier die Hand im Spiel hat?

Dritte Stimme:

Und ob ich das glaube! – Ha, Hand im Spiel ist gut! Gott mischt keine Karten. Er trennt und sortiert. Die Leidenden hier, die Gewaltigen dort. Die da oben müssen auch mal den Platz wechseln. Ne, ne, mein Lieber, was die Welt verändert, geht nicht von den Großen aus, sondern von den Kleinen da unten. Wer zur Krippe will, muß durch den Stall. Anders geht's nicht!

Erste Stimme:

„Ihr habt in den letzten Tagen der Welt Reichtümer angehäuft. Ihr habt den Männern, die auf euren Feldern gearbeitet haben, keinen Lohn gegeben. Das schreit zum Himmel!"

Zweite Stimme:

Sag' ick doch, wie bei Kain und Abel. Der eine schlächt den andern dot und jlaubt, keiner merkt's. Gott aber sieht auch die trockenen Tränen und hört die verlorengeglaubte Stimme. Wie gut, daß es einen Ort in dieser Welt gibt, wo nichts verloren geht; das Gute nicht und auch nicht das Böse. Auf der Waage der Gleichheit wird man es wiegen und mit dem Maß der Barmherzigkeit messen. Was aber wiegt und trägt und bleibt am Ende?

Erste Stimme:

„Seid geduldig und stärket eure Herzen; denn der Herr kommt bald."

Dritte Stimme:

„Bald!" Wann kommt er wirklich, weißt du es? Oder du? - Oder du? – Nichts Genaues weiß man nicht? –

Zweite Stimme:

Du willst doch nicht sagen, daß alle Menschen umsonst gelebt haben, die Propheten und Märtyrer! Gilt denn alles nicht mehr, was die Bibel sagt? Dann wären wir tatsächlich die „Elendesten" unter dem Himmel. Und die da drüben? Jetzt weiß ich es

wirklich, daß der oben thront, in der Höhe, hernie-
derschaut in die Tiefe. –
Ihr könnt sagen, was ihr wollt, ich glaube, wie meine
Oma geglaubt hat! –

Dritte Stimme:
Und wie hat sie geglaubt?

Zweite Stimme:
Sie hat gesagt: Junge! Es gibt Dinge, die bewahr-
heiten sich erst morgen. Dazwischen aber liegt die
Nacht. Und da mußt du durch.

Dritte Stimme:
Schön hat sie's gesagt, deine Oma. –

Zweite Stimme:
Ich glaube, es wird schon hell. –

Abbas Schah-Mohammedi

Was kann ich noch tun?

Mit 25 Jahren machten sich die ersten Sehbe-
hinderungen in Form von Gesichtsfeldausfällen be-
merkbar. Ich befand mich gerade gemeinsam mit
meiner heutigen Ehefrau Frohmut in den Vorbereitungen auf das medizinische Staatsexamen. Zu
diesem Zeitpunkt wechselten die Gesichts-
feldausfälle fast täglich. So geschah es, daß ich eines
Morgens auf meine Armbanduhr blicken wollte,
meine Hand jedoch nicht mehr sichtbar war. Am
nächsten Tag war dann wieder alles in Ordnung.
Mein Gefühlszustand wechselte dementsprechend
von tiefster Depression – „Wie geht es weiter?" – und
Euphorie – „Es geht wieder aufwärts!". In dieser
Zeit war es für mich sehr wichtig, eine Partnerin zu
haben, die mir zuverlässig half und Mut zusprach.
Hatte ich selbst Mühe ein Fachbuch durchzuar-
beiten, so las sie es mir vor.

Gemeinsam meldeten wir uns im Frühjahr 1973 zum
medizinischen Staatsexamen an. Zur damaligen Zeit
dauerte das Examen ein halbes Jahr und bestand
aus diversen Einzelprüfungen, manchmal waren es
sogar zwei in einer Woche. Zusammen haben wir
auch diese schwierige Zeit bewältigt, allerdings
verschlechterte sich das gebesserte Sehvermögen
erneut, was auf die äußerste Anspannung und
Anstrengung in dieser Zeit zurückzuführen war.

Im August 1973 haben wir dann beide das medizinische Staatsexamen mit Erfolg bestanden. Kurze Zeit später heirateten wir. Die damals noch notwendige einjährige Medizinalassistentenzeit verlief relativ problemlos. Da man noch nicht die volle Verantwortung hatte, begleitete man häufig nur den Stationsarzt bei seinen Tätigkeiten.

Nach Ablauf dieser Pflichtzeit erhielten wir unsere Approbation. Im darauffolgenden Jahr unterschrieben wir zwei Arbeitsverträge für je eine Assistentenstelle im Immanuel-Krankenhaus. Dort wurde ich einem Kollegen auf der orthopädischen Abteilung zugeteilt, während meine Frau zur Inneren kam und mir somit nicht mehr zur Verfügung stand. Ich war innerlich verzweifelt. Die Orthopädie war für mich ein Fachgebiet, auf dem ich keinerlei Erfahrungen hatte. So benötigte ich einige Zeit, um mich mit den in dieser Klinik üblichen Behandlungsmöglichkeiten vertraut zu machen. Die verwinkelte Station machte mir das Arbeiten auch nicht gerade leichter. Der Kollege hatte natürlich keine Erfahrung mit Blinden und konnte sich nicht vorstellen, was man unter solchen Bedingungen noch tun konnte. Entsprechend hilflos war ich. Nach bereits 14 Tagen entschied schließlich der Chefarzt, meiner Frau und mir gemeinsam die orthopädische Frauenabteilung zu übergeben. Nun konnten wir uns die Orthopädie gemeinsam erarbeiten. Schnell fand zwischen uns eine Arbeitsteilung statt, die meinen Möglichkeiten angepaßt war. Hatte der Kollege noch unter Arbeitsteilung verstanden, daß ich die Zimmer 1-5 und er

6-10 übernehmen sollte, so sah die jetzige Absprache ganz anders aus.

Jeder neue Patient wurde von mir aufgenommen, d. h., ich befragte ihn nach seiner Krankengeschichte, untersuchte ihn anschließend und setzte die Therapie fest. Mein einziges damaliges Hilfsmittel war ein kleiner Kassettenrecorder, in den ich meine Krankenberichte diktierte.

Die Visiten wurden von uns gemeinsam gemacht. Nachdem der Chefarzt sich bereits nach einigen Wochen davon überzeugen konnte, daß der Stationsbetrieb normal lief, wurde meine Frau an den beiden wöchentlichen Operationstagen zur Assistenz des Anästhesisten abberufen. In dieser Zeit arbeitete ich völlig selbständig auf der Station und machte auch mit der Schwester allein die Visiten.

Selbstverständlich wurde ich auch zu den Nachtdiensten eingeteilt. Jeder Arzt hatte davon etwa drei pro Monat zu machen, für uns hieß dieses die doppelte Zahl. Während meine Frau die Zeit nutzte, um die Abschluß- und Entlassungsberichte zu diktieren, führte ich auf Station eine eigene Sprechstunde ein. Diese wurde gut angenommen. Viele Sorgen und Probleme wurden angesprochen, und so mancher Patient kam anschließend mit weniger Medikamenten aus.

Die Arbeit auf Station wurde von Monat zu Monat mehr Routine. Gerade glaubte ich, alles fest im Griff zu haben, da fiel meine Frau für drei Monate aus. Ich fand zwar eine Möglichkeit, allein ins Krankenhaus zu kommen, jedoch wurde ich sofort zum Chefarzt gerufen und mußte erfahren, daß ich während der Abwesenheit meiner Frau keine Visiten mehr alleine machen dürfe. Selbst dem mir nun zugeordneten Fachkollegen war dieses peinlich, und für mich stand somit fest, mir auf Dauer ein anderes Betätigungsfeld zu suchen. Den Grund für das Verhalten dieses Chefarztes kann ich nur vermuten. Wahrscheinlich hatte er Sorge, bei klagefreudigen Patienten mit mir schlechte Karten zu haben. Dieses machte mir deutlich, daß ich keine Chance hatte, einen neuen Arbeitsplatz zu finden.

Da meine Frau und ich uns Kinder wünschten, beschlossen wir zum Jahresende gemeinsam aufzuhören. Diese Entscheidung wurde natürlich dadurch begünstigt, daß ich für den Eintritt eines solchen Falles gut abgesichert war und mir keinerlei Gedanken finanzieller Art machen mußte. So gehörte ich 1977 mit 30 Jahren bereits zu den Frührentnern.
Noch im gleichen Jahr kam mein Sohn Alexander, zwei Jahre später Anabell und 1981 Anika zur Welt. Ein Jahr zuvor waren wir aus einer inzwischen zu klein geratenen 2 1/2- Zimmerwohnung in ein Haus nach Kladow umgezogen. Natürlich fiel es mir nicht ganz leicht, den ärztlichen Beruf aufzugeben, jedoch haben gerade die negativen Aspekte mir dieses dann doch erleichtert.

Meine ersten Jahre als Frührentner gehörten der

Familie, und ich begleitete meine Frau bei allen Einkäufen. Als Hörer von zwei Kassettenzeitungen, der „Aktion Tonbandzeitung für Blinde e.V.", wurde ich auf deren finanzielle Notlage aufmerksam. Als ich dann noch hörte, daß eine Redaktion ihre Tätigkeit einstellen wollte, war für uns die Situation klar. Gemeinsam boten wir an, die Redaktion einer Unterhaltungszeitung zu übernehmen. So konnten die Abonnenten nicht nur gehalten werden, es stieg sogar die Auflage von Jahr zu Jahr. Die ersten Hörerrückmeldungen trafen ein. Besonders groß war das Interesse an einer Medizinecke. Eine neue Kassettenzeitung mit gesundheitlicher Aufklärung „Das Wartezimmer" wurde ins Leben gerufen und erschien im März 1983 zum ersten Mal. Bereits mit der ersten Ausgabe wurde sie zu der meistgehörten Kassettenzeitung der „Aktion Tonbandzeitung für Blinde e.V.". Um entsprechende Einflüsse auf die Vereinsarbeit nehmen zu können, ließ ich mich in den Vorstand wählen. Seit mehr als neun Jahren bin ich nun der 2. Vorsitzende.

Die Produktion der beiden Kassettenzeitungen machte viel Freude, das Hörerecho war enorm. Viele Dankesbriefe erreichten uns im Laufe der Jahre, die einem die Kraft gaben weiterzumachen. So erinnere ich mich gern an das Schreiben eines Hörers aus Württemberg, der erst durch „Das Wartezimmer" erfuhr, daß es sich auch bei einer geschädigten Netzhaut unter Umständen noch lohnt, die getrübte Linse zu entfernen. In seinem

Schreiben stand: „Diesen ersten Brief seit 20 Jahren will ich Ihnen schreiben."

Immer mehr Hörer äußerten das Interesse, uns auch einmal persönlich kennenzulernen, und da Berlin bekanntlich eine Reise wert ist, wurde schließlich ein ganzes Besichtigungsprogramm daraus. Die „Berlin-Freizeiten" waren geboren. In jedem Jahr fanden nun diese Freizeiten statt. Bald wurde das Motto: „Berlin begreifend kennenlernen" geprägt und Sehenswürdigkeiten und Museen öffneten sich uns von Jahr zu Jahr mehr.

Inzwischen habe ich mich an die völlige Erblindung anpassen müssen, selbst die Unterscheidung zwischen hell und dunkel ist nicht mehr möglich. Wie schlimm die damals einsetzende Blindheit war, die Zeit davor mit ständig wechselndem Sehvermögen war schlimmer. Die Frage: „Was wäre wenn...", gibt es für mich seit 1977 nicht mehr, sie lautet heute: „Was kann ich noch tun?" Wenn man sich nur ein wenig umsieht, findet man genügend Aufgaben, die es wert sind, angepackt zu werden.

Dr. Detlef Friedebold

Dr. Detlef Friedebold und seine Frau Frohmut wurden am 18. 1. 1993 für ihre Verdienste im Blindenwesen vom Gesundheitssenator Dr. Luther mit dem Bundesverdienstkreuz am Bande ausgezeichnet.

Anmerkung der Redaktion

Via sacra

„Es werden Wasser in der Wüste hervorbrechen und
Ströme im dürren Lande. Wo es zuvor trocken gewesen ist, sollen Teiche stehen, und wo es dürre gewesen ist, sollen Brunnquellen sein."
Was ist das für eine Wüste, in der es Wasser in Fülle
gibt? Ist das noch eine Wüste, die keine mehr ist?
Wüste ist ein Ort für Hunger und Durst, ein Ort der
Versuchung. Jesus wurde in der Wüste vom Satan
versucht. Wüste ist ein Ort der Einsamkeit. In der
Wüste kann man seinen Glauben verlieren. Wüste
ist ein Ort der Stille und Sammlung. Wüste ist ein
Ort der Vorbereitung und Zurüstung für den Dienst
an Gott und Mensch. Jesus ging in die Wüste, um zu
beten und zu fasten. Zu keiner Zeit hat Israel soviel
zu Gott gebetet und geschrien, wie in der Wüste.
Und Gott ließ sich in der Wüste finden. Ist das noch
eine Wüste, die keine mehr ist?
„Und die Erde war wüst und leer." Unsere Erde ist
aus Wüste entstanden. Was haben wir daraus gemacht. Wir haben die gute Erde Gottes mißbraucht.
Die Wälder in der dritten Welt haben wir abgeholzt.
Auch unsere Bäume sind krank. Die Wüste hat sich
ausgeweitet. Die Schadstoffe in der Atmosphäre
nehmen uns die Luft zum Atmen. Unser Leben ist
gefährdet. Die Wüste reicht bis in unsere
Wohngebiete.
Inmitten unserer Millionenstadt fühlen wir uns
einsam und allein. Wir haben Gott vertrieben, in die

„Wüste" verbannt. Deshalb sind wir allein. Deshalb sind wir verzagt. Unsere Knie sind weich vor Angst und Schrecken, die uns umgeben. Sie tragen uns nicht mehr. Unsere Hände sind schwach. Sie lassen sich nicht zum Beten falten.

Gibt es noch Aussicht für die müden und verzagten Herzen, für Trostlose und Menschen ohne Zukunft? Wird auf unseren Feldern fernerhin Trost wachsen und Gottes Treue jeden Morgen neu aufgehen?

„Und es wird in der Wüste eine Bahn sein, die der heilige Weg (Via sacra) heißen wird. Die Erlösten werden dort gehen. Die Erlösten des Herrn werden wieder kommen nach Zion."

Eine Via sacra, eine heilige Straße in der Wüste. Gott wird sie bauen. Wo führt sie hin? Jerusalem ist weit weg von uns. Ich träume davon, wie meine Straße, die Straße vor meiner Haustür eine Via sacra wird. Wie wird es sein, wenn alle in meiner Straße Gottes Heilige werden und ich auch! „Wenn der Herr die Gefangenen Zions erlösen wird, dann werden wir sein wie Träumende." Ich träume von Gott in meiner Straße. Ich träume von Gott in meinem Haus. Ich träume von Gott in meinem Leben. Golgatha ist, wo damals die Wüste begann. Heute ist Golgatha mitten in der Stadt. Ich muß mit meinem Kreuz leben, wie Jesus mit seinem. Doch anders als vor Golgatha werde ich an meinem Kreuz nicht sterben. Denn er ruft auch zu mir herüber: "Heute wirst du mit mir im Paradiese sein.„ Es gibt eine Ähnlichkeit zwischen Kreuz und Stall. Beide

stehen außerhalb der Mauern. Innerhalb der Mauern
ist die Stadt. Dort leben die Menschen, pulsiert das
Leben. Sie kaufen und verkaufen, heiraten, werden
schuldig und sterben.

Aber das Heil kommt von draußen, das Rettung und
Erlösung bringt. „Dann werden die Augen der Blinden aufgetan und die Ohren der Tauben geöffnet
werden. Dann werden die Lahmen springen wie ein
Hirsch, und die Zunge der Stummen wird froh-
locken."

Wovon redet der Gottesmann? Dies ist nicht unsere Welt mit einem Heer von Behinderten! Das ist Gottes Welt. Wann werden aber unsere Träume wahr; die Träume von 50 Millionen Blinden? Sie alle warten auf die Stadt Gottes, die kommt. Das Prospekt davon haben wir bereits im Glauben. Aber wann kommt das Original?

Wir haben einen Gott, der Tränen weint über das Leid in der Welt. Wir haben einen Gott, der lieber früher als später kommt. In der Wüste haben die Menschen Zeit, viel Zeit. Aber Gott hat noch mehr Zeit. Von der Wüste will ich lernen zu warten.

Abbas Schah-Mohammedi

Die Blinde oder wie der Pfarrer im Beichtstuhl

1905 bin ich geboren. Ich wuchs in einem christlichen Elternhaus auf. Mit 46 Jahren erblindete ich auf beiden Augen total.

In meinem Verhältnis zu Bibel, Kirche und Gemeinde wurde ich in erster Linie durch die Familie meiner Mutter geprägt.

Eine Reihe von Verwandten war tätig im Gemeindekirchenrat, in der Frauenhilfe, im Kindergottesdienst, in der kirchlichen Sozialarbeit. Als ich 1922 konfirmiert wurde, bestand für mich der Sinn darin, daß ich nun, wie ältere Freunde, Kindergottesdiensthelferin werden konnte. Gleich nach meiner Konfirmation übernahm ich die Kindergottesdienstgruppe meiner Tante. Die Mädchen waren etwa drei Jahre jünger als ich. Ich stehe heute noch mit zwei von Ihnen in Verbindung, wenn ich in meine Heimatstadt Kassel komme.

Der Gottesdienstbesuch war in unserer Familie stets freiwillig, nie Zwang. Kindergottesdiensthelferin war ich bis zu der Zeit, als die Vorbereitungen zum Abitur solche Beschäftigung zeitlich nicht mehr zuließ.

Während meiner Studienzeit – ich studierte Geschichte, Germanistik und Philosophie – wechselte ich mehrfach die Universitäten, so daß ich kein Verhältnis zu einer Kirchengemeinde aufbauen konnte.

Als Dietrich Bonhoeffer Studentenpfarrer an der technischen Hochschule Berlin war, besuchte ich von Halensee aus häufig seine Gottesdienste in der Dreifaltigkeitskirche am Kaiserhof, heute Thälmann-platz. Diese Gottesdienste von Bonhoeffer haben mich persönlich sehr bereichert und wahrscheinlich auch meine späteren Entscheidungen mit geprägt.

In unserer Familie gab es das Tischgebet und das Abendgebet, zu dem immer ein Elternteil an unser Bett kam. Ein Teil der biblischen Bücher ist mir so vertraut wie die Grimmschen Märchen oder der Struwelpeter. So erinnere ich mich, daß ich – noch bevor ich in die Schule kam – zu meiner Tante sagte, ich würde mich jetzt aufs Sofa legen, die Augen schließen und sie solle zu mir sagen: „Mägdelein stehe auf!" Ich war damals vier Jahre alt und ich wollte spielend nachvollziehen, was Jesus im Markus-Evangelium zu Jairus Töchterlein sagte.

Auf dem Schoß meines Vaters sitzend, betrachtete ich häufig die Bilderbibel von Schnorr von Carols-feld. Bei der Durchsicht von Buch Ruth sagte mein Vater, das sei unsere Ruth – so hieß nämlich meine Schwester. Ich war darüber böse, weil nicht auch mein Name in der Bibel stand, zumal auch meine Eltern Johannes und Gabriele hießen.

Gefördert wurde ich auch durch den Religions-unterricht in der Schule. Die Choräle wurden nicht nur gesungen, sondern mußten von den Schülern einzeln aufgesagt werden. Wir mußten auch die biblischen Geschichten nach dem Luthertext auswendig lernen.

Die Losungen der Herrnhuter Brüdergemeinde erfreuen mich noch heute; sind mir doch viele Texte bekannt.

Für mich kam es zu einer Entscheidung, als um das Jahr 1930 die antijüdische Entwicklung eintrat; denn damit wurde das Alte Testament verachtet.

Ich beschloß nach meiner Promotion in Geschichte, nicht wie ursprünglich geplant, in den Lehrdienst zu gehen – denn in dieser Zeit blühte der Nationalsozialismus an den Universitäten –, sondern mich enger an die Kirche anzuschließen.

1951 kam dann meine Erblindung. Die vorstehend erwähnten Gedächtnisübungen in meiner Kindheit sind mir seit diesem Zeitpunkt ganz besonders nützlich geworden. Hans Lilje hat in seinem Buch: „Im finsteren Tal" ausgeführt, daß – als er gefangen war und keinen Lesestoff hatte – er jedem Lehrer, der ihn deutsche Gedichte und historische Daten gelehrt, jedem Pfarrer, der ihm Choräle und Bibeltexte beigebracht hatte (zum Auswendiglernen), gedankt habe. Diesem Urteil schließe ich mich als Späterblindete besonders an, da ich dankbar empfand, wie das in meinem Gedächtnis Gespeicherte mir Hilfe war und ist. Im Kirchenkampf bin ich der Studentengruppe der Bekennenden Kirche beigetreten. Diese Gruppe hatte in Berlin-Dahlem ihr Zuhause. Dahlem war auch das Zentrum des Kirchenkampfes, den ich hier in der vollen Breite miterlebt habe. Außerdem zog ich 1950 nach Dahlem und bin seitdem mit der Gemeinde und dem

Vorort eng verbunden.

Die Veränderung, die meine Erblindung in meinem Leben und Beruf mit sich brachte, hätte ich nicht so gut bewältigen können, wenn mir nicht Kirche und Gemeinde und die Freunde in der Gemeinde geholfen hätten. Meinen Beruf aber mußte ich leider aufgeben. Ich war damals im Staatsarchiv Dahlem beschäftigt und brauchte dazu voll meine Augen.

Durch die Verbindung mit der Kirche, Gemeinde und den Freunden bin ich erst in die Lage versetzt worden, ein sinnvolles Leben zu führen. Trotz Blindheit und meines hohen Alters finde ich immer noch Aufgaben und Betätigungsfelder, die meinem Leben Freude und Frieden schenken.

Manchmal passiert es mir, daß mir z. B. fremde Menschen ganz persönliche Dinge erzählen, wenn ich auf Reisen bin oder unterwegs. Sie denken wahrscheinlich, die Blinde erkennt mich nicht wieder. Ich komme mir in solchen Situationen vor wie der katholische Pfarrer, der im Beichtstuhl sitzt.

Die Bewältigung der Blindheit als Lebenskrise ist nach meiner Überzeugung eine Frage des Glaubens, des Willens und der guten Freunde. Von diesen drei Möglichkeiten habe ich mehrfach in meinem Leben gute Erfahrungen gesammelt.

Dr. Irmgard von Broesigke

Urteile – Vorurteile

Als ich mich zur Ausbildung als Gemeindehelferin anmeldete, wurde mir sofort klargemacht, daß ich als Blinde zwar die Ausbildung machen könne und auch wohl mit Erfolg abschließen würde, es aber mit der Beschaffung eines Arbeitsplatzes für mich nicht gut aussähe. Es gelang doch nach abgeschlossener Ausbildung, einen Platz in einer Berliner Gemeinde für mich zu finden, und ich hatte das große Glück, einen Chef zu haben, der mich vorurteilslos mit fast allen in der Gemeinde anfallenden Arbeiten betraute. Das lag aber wohl auch daran, daß er, als für die Blindenschule zuständiger Pfarrer, schon sehr viel Umgang mit Blinden hatte. Ich selbst gehörte damals auch zu seinen Konfirmanden.

Während meiner Tätigkeit habe ich auch Hausbesuche gemacht. Da war es oft unumgänglich, eine sehende Begleitung mitzunehmen. Leider mußte ich dann die Erfahrung machen, daß nicht ich, sondern meine sehende Begleitung der Gesprächspartner für den Besuchten war. Dieser ließ sich auch schwer davon überzeugen, daß ich eigentlich der Gesprächspartner für ihn sein sollte. Das gab mir jedesmal das Gefühl, nicht akzeptiert zu werden, was mich in meiner Arbeit nicht gerade ermutigte. Es kann dann auch kein richtiges Gespräch zustandekommen, weil beide – Besucher und Besuchter – befangen und unsicher sind. Ich habe mich oft gefragt, woran das wohl liegen mag. Sicher hat das auch etwas mit dem

Blickkontakt zu tun. Ein Sehender kann doch vieles von den Augen ablesen, er ist nicht auf das Hören angewiesen, wie das bei einem Blinden der Fall ist. Vergessen wird dabei allerdings, daß der Blinde vieles aus der Stimme „ablesen" kann. Der Blinde macht sich ein Bild von seinem Gegenüber, indem er auf die Stimme hört. Ist mir eine Stimme sympathisch, so schließe ich auch automatisch auf den Menschen, ob er mir sympathisch ist oder nicht. Natürlich kann es dabei auch oft zu einer Fehleinschätzung kommen. Aber ist das bei einem Sehenden nicht ebenso, daß er sich auf den ersten Augenschein verläßt und einen Menschen danach einschätzt?

Eine ähnliche Problematik stellt sich auch dar, wenn ich mit einem sehenden Begleiter in ein Geschäft einkaufen gehe. Dann wird in der Regel er nach meinen Wünschen gefragt. Es bedarf dann schon einiger klarstellender Worte, ihn davon zu überzeugen, daß ich sehr wohl in der Lage bin, meine Wünsche selbst vorzutragen. Auch auf Reisen kann man in ähnliche Situationen geraten. Da ist ein Reiseleiter der Meinung, daß beispielsweise der Aufstieg auf einen Berg für den Blinden viel zu gefährlich ist. Das sagt er aber nicht dem Blinden selbst, sondern seinem sehenden Begleiter, der dann die Aufgabe hat, entweder dem Blinden den Aufstieg auszureden, was er in den meisten Fällen nicht tun wird, weil er ihn ja genau kennt und genau weiß, wozu er in der Lage ist, oder den Reiseleiter davon zu überzeugen, daß der Blinde auf jeden Fall an dem Aufstieg teilnimmt. Dem Blinden wird ein Urteilsvermögen über das, was er kann oder nicht, völlig abgesprochen. Er sieht ja die Gefahren nicht und kann nicht einschätzen, was da auf ihn zukommt. Hat er sich nicht überzeugen und von seinem Vorhaben abbringen lassen und den Aufstieg dann erfolgreich bewältigt, ist die Situation dann auf einmal eine völlig andere. Man hat nur noch bewundernde und anerkennende Worte für ihn.

Aufgrund all dieser beschriebenen Erfahrungen und Erlebnisse kann doch gesagt werden, daß sich das Zusammenleben von Blinden und Sehenden wie überhaupt das Zusammenleben von Behinderten und Nichtbehinderten für beide Seiten zunächst einmal etwas schwierig anläßt und für alle ein Lernprozeß ist. Der Blinde muß lernen, nicht immer gleich aggressiv zu reagieren, sondern dem Sehenden durch aufklärende Mitteilungen seine Lebensweise klarzumachen. Dadurch kann er Vorurteile und falsche Einschätzungen abbauen helfen. Der Sehende muß lernen, dem Blinden unbefangen und ohne Emotionen entgegenzutreten und Unsicherheiten abzulegen. Wenn dies gelingt, was übrigens in vielen Fällen auch schon der Fall ist, kann das Miteinander von Blinden und Sehenden sich durchaus positiv gestalten, wofür es viele nachahmenswerte Beispiele gibt. Vielleicht ist dieser Bericht eine kleine Hilfe auf dem Weg für ein gutes Miteinander.

Christel Dunker

Wie ein Blatt

Wie ein Blatt, das vom Baum fällt, ist mein Leben.
Schatten gab ich und Luft zum Atmen, gegrünt für
ein halbes Jahr.
Mein Werk ist getan, gelebt mein Leben.
Nun muß ich gehen, wie alles geht auf Erden.
Winde habe ich gesehen und der Stürme viel.
Keiner war stärker, das Leben war mehr.
Aus der Höhe fiel ich hinunter,
vom Wind auf den Weg geweht.
Einer kommt und tritt mich nieder
und ich werde weggefegt.

Begegnung mit Blinden

Erste Begegnungen mit blinden und sehbehinderten Menschen hatte ich in der Kirchengemeinde. Zwei sehr unterschiedliche Frauen sind mir dort besonders aufgefallen. Während die eine sich kaum aus der Wohnung traute, war die andere trotz ihrer Sehbehinderung sehr aktiv. Einmal beobachtete ich sie an einer Straßenbahnhaltestelle. Mit viel Energie und auch etwas Sturheit bahnte sie sich ihren Weg durch die an der Haltestelle wartenden Menschen. Mit dem Wort „Platz" machte sie sich den Weg frei. Manch einer der so Angerempelten hat sicher leise vor sich hingeschimpft, aber nach dem Erblicken der gelben Armbinde und des weißen Stockes vielleicht auch über diese Frau gestaunt. Ich habe sie jedenfalls immer bewundert, wenn ich sie allein auf der Straße traf.

Im Gespräch mit einer anderen Blinden erlebte ich, wieviel sie ganz anders wahrnimmt, als ich Sehender es tue. Ich sprach mit ihr über Dinge, die sie wohl nicht allein verrichten kann. Wir sprachen vom Kochen. Ich fragte sie: „Aber Milch werden Sie doch nicht allein kochen können?" „Aber natürlich", antwortete sie mir, „ich höre doch, wenn die Milch anfängt zu kochen!" Ich konnte darauf nur erwidern: „Ich rieche es meistens erst, wenn die Milch über-gekocht ist."

Bei einem Besuch bat mich eine andere Blinde: „Wenn Sie hier sind, dann lesen Sie mir doch bitte auch die letzten Briefe vor, die ich hier habe." Ich ergriff einen, öffnete ihn, es war ein amtliches Schreiben, von dem ich annahm, es hätte sich für sie längst erledigt. So habe ich diesen Brief überschaut und wollte anfangen, den Inhalt zu kommentieren. Aber mir wurde sofort klar: Vorlesen heißt nicht kommentieren. So begann ich zu lesen und konnte bald aufhören, denn dies Schreiben hatte sich tatsächlich schon für sie erledigt. Oft wurde mir die Frage gestellt, ob Blinde mißtrauischer sind als Sehende.

Ich kenne mißtrauische sehende und blinde Menschen. Aber ich weiß auch, wie schnell Sehende meinen, ein Gegenstand, den sie nicht finden, sei ihnen gestohlen worden. Wir sind immer in Versuchung, andere zu beschuldigen, wenn wir etwas verlegt haben. Blinde müssen sehr viel mehr Vertrauen ihren Mitmenschen entgegenbringen als Sehende. Und dieses Vertrauen der Blinden erlebe ich täglich.

Diakon Günter Meyer

Was wirklich zählt

Was wirklich im Leben zählt und was ich nie und
nimmer verlieren möchte, muß ich weitergeben,
indem ich davon spreche und erzähle. Deshalb
schreiben die Dichter und Autoren Bücher. Und
Wissenschaftler und Staatsmänner entwickeln ihre
klugen Theorien. Deshalb haben auch die Apostel
die Evangelien geschrieben. Sie wollten unter
keinen Umständen verlieren, was sich ihnen kostbar
und wertvoll gezeigt hatte. Wer davon schweigt,
macht sich mitschuldig. Darum laßt auch uns
weitergeben, was uns wichtig geworden ist.
Christus hat das Brot geteilt, als er die Menschen
satt machen wollte. Die Sehenden leihen uns
Blinden ihre Augen und reichen uns ihren Arm;
auch eine Art von Mitteilung dessen, was wertvoll
ist. Gott schenkt uns seinen Sohn, heißt es in der
Bibel. Was könnte wohl unser Geschenk an ihn sein?
Es ist sehr leicht dahingesagt: Dankbarkeit! Dank
braucht einen Ausdruck, eine Form und Gestalt,
und es muß durch unsere Hände gehen, wenn es
ankommen soll.
Der heilige Nikolaus hatte Hände mit Herz, wird
gesagt. Und sie kamen an bei Kindern und armen
Leuten.
Mein Gegengeschenk an Gott sind meine Augen.
Was kann er damit anfangen? Das soll seine Sorge
sein. Er kann sie verwandeln, wie er schon einmal
die Finsternis in Licht verwandelt hat.

Der Kirchenvater Hieronymus fragt in einem Gebet das Kind in der Krippe: Was kann ich dir schenken? Das Kind antwortet: Gib her deine Sünden, dein böses Gewissen und deine Verdammnis. Was willst du damit machen, fragt Hieronymus zurück. - Ich will's auf meine Schulter nehmen, das soll meine Herrschaft und herrliche Tat sein, für dich.

Ja, das wird eine herrliche Tat sein, wenn er einmal auch unsere Augen verwandeln wird. Wir werden dann mit blinden Augen sehend durch die Welt gehen und die Güte Gottes mit Fingern aufheben. Von der Krippe hängt unser Glück und Unglück ab. Die einen stehen anbetend davor und sehen den Himmel offen, die anderen aber erkennen nur ein Kind auf Viehfutter gebettet und gehen wieder hinaus.

Wozu?

Zur Freude hat uns Gott gemacht. Wenn nun aber diese Freude durch unsere Dunkelheiten geschmälert wird, ja, völlig versiegt, dann schenkt uns Gott etwas Neues; er schenkt uns seinen Sohn.

Ich sage euch, die ihr mit mir das Licht der Sonne und des elektrischen Lichtes nicht sehen könnt, Gott schafft ein neues Licht, das wir mit verschlossenen Augen sehen.

Euch Schwerhörigen sage ich, Gott schenkt euch ein neues Wort, das ihr mit dem Herzen hört.

Euch, die ihr seht und hört, Menschen mit gesunden Händen und flinken Füßen, euch sage ich, Gott schenkt euch noch mehr. Er schenkt euch ein gutes Herz und einen Mund voller Dank.

Die Mutlosen sollen wieder aufatmen, die arm an Hoffnung sind wieder in die Zukunft schauen.

Laßt uns Christus entgegengehen: tastend und lauschend, hinkend und schleppend, aber laßt uns gehen!

Und wem das zu schwer ist, den wollen wir tragen, alle zusammen.

Inhaltsverzeichnis

Zum Herausgeber

Abbas Schah-Mohammedi, geboren 1938 im Iran, lebt in Berlin als Pfarrer und Leiter des Evangelischen Blindendienstes Berlin.

Im Verlag sind von ihm erschienen:

Bis die Nacht vergeht

Erfahrungen undErkenntnisse eines Blinden.
Denkanstöße für Sehende.

*

Licht - Liebe - Leben

Berichte und Meditationen zum Thema: blind.

*

Das Kostbare
mit einfachen Worten

Gedanken zu Alltagserfahrungen mit Gott.

*